帰ってきた日々ごはん⑨

高山なおみ

帰ってきた 日々ごはん⑨ もくじ

＊おまけレシピ

カバー、扉　冨沢恭子
カバー、扉、アルバムなどのデザイン　スイセイ
章扉手描き文字、本文写真　高山なおみ
編集　村上妃佐子、浅井文子
編集協力　小島奈菜子
造本　アノニマ・デザイン

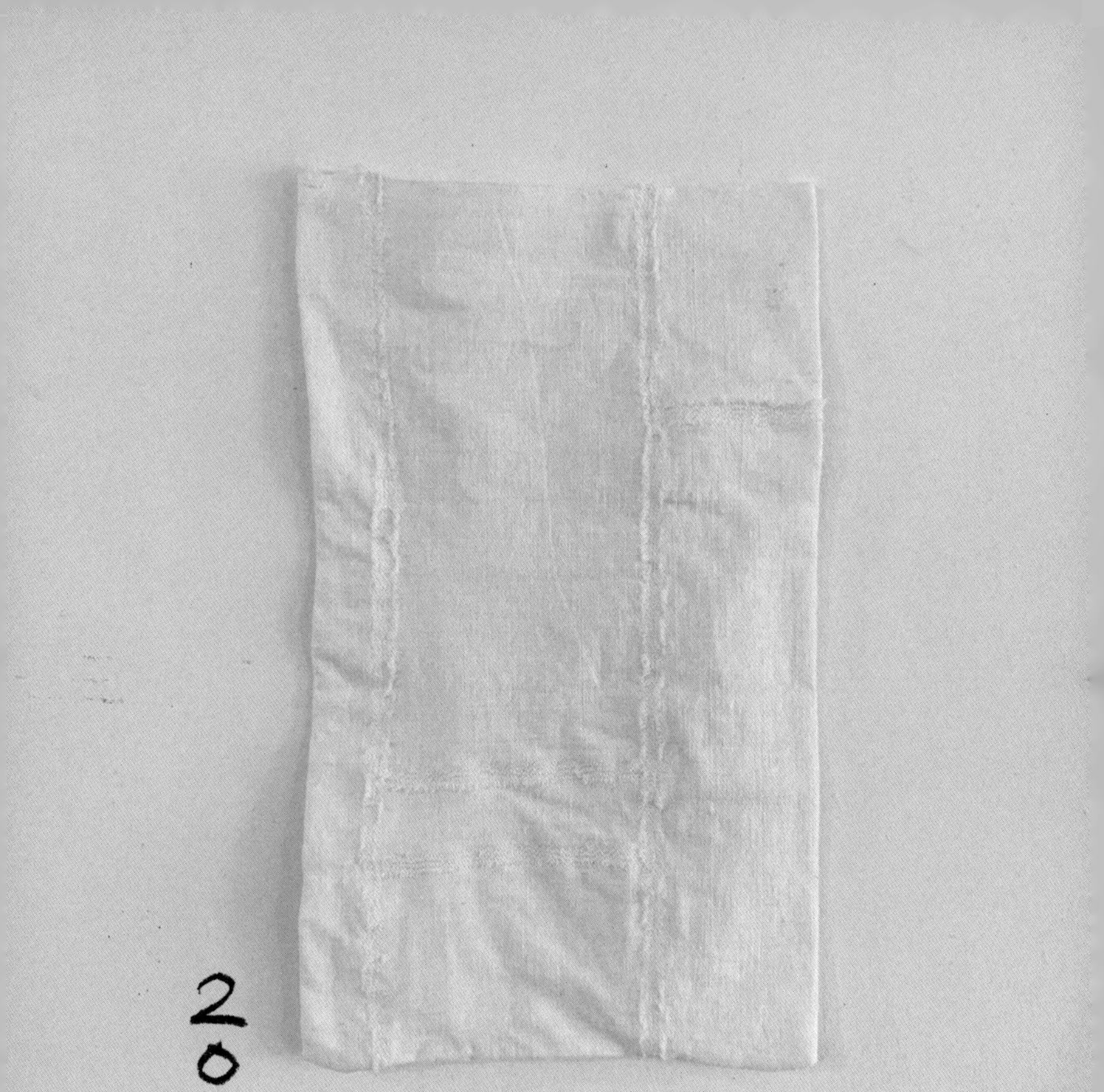

2018年1月

私、ずっと休んでいたんだろうか。

一月一日（月）晴れ

明けまして、おめでとうございます。

今年も大掃除をするつもりで、三十日の昼間に帰ってきたのだけど、母がずいぶんきれいにしてあった。

おせち料理もいくつか作ってあった。

里芋、人参、干し椎茸のお煮しめ、たづなコンニャクの煮物（青海苔がまぶしてある）、大根と人参のなますにはタコが入っていた。

きんとんや伊達巻き、数の子（味がついているもの）も買ってあった。

お雑煮のための、里芋と大根も煮てあった。

母は思っていたよりずっと元気。肌もつやつやしている。

きのうは日曜日だったので、母とみっちゃん（双子の兄）と三人で教会の礼拝にいってきた。

賛美歌を歌ったり、牧師さんの説教を聞いたり。

礼拝が終わって、クリスマスツリーの飾りを箱にしまうのや、その箱を屋根裏部屋に運んだりするのをみっちゃんと手伝った。

「子どものころ、日曜学校でクリスマスツリーを飾ったり、片づけたりしていたよね」など言い合いながら。

今はもう、本物のモミの木ではなく、プラスチックでできたものだけど。

飾りも現代的なものだけど。

それでも手作りのクッキーがぶら下げてあったり、てっぺんには銀色の大きな星、赤や黄色の玉。

電飾も控えめで、とてもいいクリスマスツリーだった。

私たちが子どものころは、ほとんどの飾りがボール紙でできていた。

赤い屋根の小さな家、銀紙で覆《おお》われたロウソク、てっぺんの銀の星。

家の窓に目を近づけ、私はよく中をのぞいていた。

窓には黄色いセロハンが貼ってあって、部屋の中が暖かそうだったから。

のぞいても中は空っぽなのだけど、私には暖炉が赤く燃え、絨毯が敷かれ、テーブルの上には紅茶のセットが見えた。

ゆうべは、みっちゃんの娘たちが家族でやってきた。

リカは旦那さんの紳之介君と、五月に生まれた赤ん坊リコちゃんを連れて。

ミホも一緒に暮らしている彼氏と、テツ（柴犬）を連れて。

母も揃ってごちそうを食べながら、ささやかに忘年会。

鶏鍋（鶏もも肉、つくね、豆腐、白菜、えのき、春菊）、蟹（みっちゃんの現場がある南伊豆のお土産）、牛肉のバター焼き（生ワサビ&塩）、ブリのお刺し身（生ワサビ）、サラダ（スモークサーモン、大根、貝割れ）。

母が寝てから、男連中は呑みながら格闘技を見ていた。

ぽつりぽつり、お喋りしながら。

私は台所に立ち、ミホに手伝ってもらいながら、みんなのために何かしらつまみを作っていた。

ときどきチャンネルを変えるのだけど、『紅白歌合戦』はほとんど見ていない。

紳之介君は格闘技があまり好きではないらしく、ウイスキーのグラスを片手に私の近くに来たり。

テツをケージから出して、遊んだり。

今年は何があったとか、来年はどうしたいとか、忘年会らしい話はたいしてしない。

でも、こういうのもなんだかいいな。

ミホたちが帰ってから、残りのメンバーで『紅白』を見た。

今年は起きていられるかどうか自信がなかったのだけど、『紅白』が終わり、『ゆく年くる年』の時間になった。

あと三分で年が明けるというときに、紳之介君に来年の抱負を言わされた。

みっちゃんは「オレは、今年は、自分のことをやる」。

「おばちゃんは？」と聞かれ、「私はもう、やりたいことをやっているから、そのまま進んでいく」。

さあ、いったい、今年はどんな年になるだろう。

除夜の鐘が鳴りはじめたのを合図に、みんないっせいに寝た。

私はお風呂。

リカたちがみっちゃんの部屋に泊まるので、みっちゃんは布団を下ろして居間で寝た。

そんな大晦日だった。

ゆっくり休んで、ゆっくり支度をして、五人で元旦の朝ごはん（お昼に近かった）。

母がこしらえたおせちらしきものや、数の子、鶏のハム、甘く煮たトコブシ（みっちゃんのお土産）、きんとん、伊達巻きなどを、リカが庭の赤い実を摘んできて、重箱に盛り合わせてくれた。

なかなか豪華な感じ。

ブリのお刺し身（生ワサビ、醤油、黄身醤油）、煮豚&煮卵（きのうのうちに仕込んでおいた。八角がなかったので入れなかったのだけど、生姜だけで充分においしくできた）、お雑煮（里芋、大根、ほうれん草）。

リカたちが二時ごろに帰ってからは、あと片づけをして、私は仕事。

二階の畳の部屋で、「たべもの作文」の校正に向かった。

至福の時間。

とちゅうで母に聞きたいことが出てきたので、部屋に呼んだ。

文を少し朗読し、コロッケ屋さんのことなどを聞いているうちに、夏の庭の思い出話になった。

実家を建て替える前、古い家の庭には柿の木があった。

飼い猫のリリを埋めた柿の木だ。

その木の下に、夏になるたび、青い小さな実がたくさん落ちてきたのだそう。

実には青緑の星のようなガクがついていて、こんな形で……と、絵を描いてみせる。

「前に、その実のエッセイを書いたさや」

そう言うと、自分の部屋から書類の束を抱えてきて、畳の上に広げ、手当たり次第に読みはじめた。

「あったあった！　そうそう、これこれ。『踊り子のスカートのような青い実』って書いたさや」

それでもう、仕事どころではなくなってしまう。

さて、そろそろ姉の家の新年会へ出かけよう。

私と母は、ご挨拶だけして二時間くらいで帰ってくるつもり。

母はとっくに着替え、いそいそとお化粧をしたりしている。

一月二日（火）晴れ

ゆうべは日本酒を呑み過ぎた。

呑んだというより、呑まされた。

夜遅くにみっちゃんと歩いて帰ってきて、そのあとふたりでウイスキーのロックを一杯ずつ呑んだ。

ひさしぶりにようやくふたりだけで話せた。

寝たのが四時近くだったので、今朝はお昼まで寝てしまった。

まだお酒が残っていて、なんとなくふわふわしながらお粥を作り、みっちゃんと食べた。

母はひとりで先に食べていた。

それにしても母の食欲はすばらしい。

姉の家でもそうだったけど、このところ濃い味のものばかり食べ続けていたので、私はちょっと食傷気味。

二階の部屋で、母の本棚にあった『絵本の作家たち』をずっと読んでいた。

この本は小野明さん（『ほんとだもん』のデザイナー）が聞き手で、コージさん、荒井さん、長新太さん、ささめやゆきさんなどが、子どものころや初期に描かれた絵本の話をたくさんされている。

みなそれぞれで、とてもおもしろい。

みんな「クウクウ」に来ていたお客さんだし、この本もちょうどそのころに出たのに、私は何も知らなかった。

ようやく頭がすっきりしてきたので、「おいしい本」（読売新聞で連載している「高山なおみのおいしい本」。『本と体』として二〇二〇年九月に刊行されました）の校正の続きをやりはじめるも、お腹がすいたと母が呼びにきたので、やめにする。

夜ごはんは、計画通りラーメンを作った。

煮豚と煮卵をとっておいたので。

もやしとえのきをゆでたのと、メンマものせた（ふたりは海苔ものせていた）。

材料はみっちゃんが、昼間のうちに買っておいてくれた。

早めにお風呂に入り、私は二階へ。

母は気功をしてからお風呂。

みっちゃんは「TSUTAYA」にDVDを借りにいき、氷の入ったグラスと炭酸を炬燵の上にいそいそと並べている。

ハイボールをちびちびやりながら、映画鑑賞だ。

みっちゃんの至福の時間。

寝る前に、母の部屋に絵本を借りにいったら、母はベッドで読書をしていた。

温かそうなオレンジ色の毛布と布団に包《くる》まり、虫眼鏡を当てて文庫本の小さな文字を読んでいる。

枕もとにはオレンジ色の電気がついている。

本は、太宰治の『人間失格』。

母もまた、至福の時間。

図書館で母が借りている絵本の中で、私のお気に入りは、レオ・レオニの『びっくりたまご』。

三匹のカエルが出てくるお話。

一匹の女の子のカエルだけが、いつもひとりでどこかへ出かけていっては、おもしろいものを見て、帰ってきて、みんなにお土産話をする。

それは、何のへんてつもない普通の石ころのことだったりするから、話してもなかなかおもしろさが伝わらないのだけど、女の子は気にせずにまた出かけていく。

出かけたら、どんどん歩いて遠くまで行って、おもしろいものをひとりでただじっと見ているところとか。卵から生まれたワニの赤ちゃんのことを、最後まで「にわとり」と呼んでいるところとか。ワニの赤ちゃんがはじめて母親に会ったとき、「ママ!」でもなく、「おかあさん!」でもなく「おかあちゃん!」と、ひと声だけ叫ぶところとか。

おもしろくてたまらない。

谷川俊太郎さんの翻訳は、いいものはやっぱりいいのだな。

一月三日(水) 晴れ

ぐっすり眠って、八時に起きた。

実家に帰ってきてからずっと、どうもうまく眠れなかったのだけど、どこにいるのかようやく分かってきたのかな。

今朝もよく晴れている。

富士山が上から下までくっきりと見える。

朝風呂に浸っていて、気づいたら三十分くらいたっていた。

なかなか体が温まらないせいもあるけれど、ひとりになれるのはお風呂の中くらいだから、ぼんやりと頭をめぐらせていた。

そういえばスイセイと住んでいたころにも、朝風呂の中で夢を反芻したり、文に書く言葉がひらめいたりしていたっけ。

神戸では、いつでもどこでも自分に没頭できるし、思いついたらすぐにパソコンに向かえる。だから、そういえば、お風呂に浸かりながらぼんやりすることがなくなった気がする。

お昼に、蓮根をすり下ろしてお焼きを作り、母と食べた。

本棚にあった『くんじくんのぞう』を私が見ていたら、「この絵本は、とってもおもしろいね」と盛んに言う。

「最初はよく分かんなかっただけど、何度も読んでいるうちに、どんどんおもしろくなってきたさや。やー、これはいい絵本だよ」

「この、地下にもぐっていくところ。すごく怖いら。こういう怖いところにくると、子どもたちはぶるぶるふるえて、ほんとに怖がるさ。そういうのが、うんと好きさや」

などとほめ、声を出して読みはじめた。

「どゅうー」と書いてないところでも、書いてあるところでも、「どゅうー」「どゅうー」

白菜の薄味煮
ひじきと切り干し大根の煮物（母作）
鶏つくね

と何度も言うのが、すごくおもしろかった。

間合いも絶妙。

こういうのを聞いたら、子どもたちはきっと、おもしろがって真似をするんだろうな。

母はお昼を食べると眠くなるらしい。

お昼寝している間に、私は「たべもの作文」の校正をやろう。

お正月なので、そろそろこの本のタイトルを発表します。

まだ、仮なのだけど、『たべもの九十九《つくも》』といいます。

このまま順調に進めば、三月のはじめに本屋さんに並ぶ予定。

デザインは、今回もアリヤマ君にお願いしています。

みなさん、楽しみにしていてください。

みっちゃんは、今夜はヒロキ（長男）の家で家族と新年会。

リカ一家も呼ばれているのだそう。

なので、夜ごはんは母とふたりで。

イカの塩干しをバターとごま油で炒めたもの、白菜の薄味煮（片栗粉でとろみをつけた）、ひじきと切り干し大根の煮物（母作）、鶏つくね（お鍋の残りのタネを丸めて焼き、甘辛いタレでからめた）、納豆、ご飯。

母は今夜もよく食べ、よくお喋りした。

あと片づけを一緒にしながら、ずっと鼻歌を歌っていた。

何の歌なのかさっぱり分からないけれど。

かと思うと急に、「あー、腰が痛い」とひとりごとを言う。

何かに夢中になっていて、ふと気づくと痛くなっている様子。

今夜もまたお風呂の前に、足を投げ出して座り、気功とストレッチを組み合わせた体操をしている。

前屈している姿を後ろから見ると、八十八歳のおばあちゃんにはとても見えない。

私は明日神戸に帰るので、母がお風呂に入っている間に荷物をまとめてしまう。

それにしてもこの家は寒い。

寝る前に読む絵本を、本棚からたっぷり選んだ。

全部で十一冊。

図書館で探してもみつからなかった、『かぜは どこへ いくの』があった。

『ふゆねこさん』がおもしろかったから、この人（ハワード・ノッツ）の絵本をずっと探していた。

私の寝ている部屋は、ふだんは母の衣装部屋になっているらしい。

日曜日に教会へ出かける用の洋服が、すでにコーディネートされ、ハンガーにかけて箪《たん》笥《す》の前にぶら下げてある。

マフラーやブローチまで、ちゃんと用意してある。

このコーディネートは二日にやっていた。

ちゃんとアイロンもかけて。

一月七日（日）　晴れ

今朝は八時に起きた。

夜中に何度か目が覚めたけれど、あとはぐっすり眠れた。

夢もいくつかみた。

神戸に帰ってきたのは四日の夕方、ようやく自分がどこにいるのか分かってきたみたい。

帰ってからはずっと、『たべもの九十九』の校正にいそしんでいた。

それが楽しくてたまらなかった。

きのうも朝から夢中でやって、午後にはひと通り終わり、美容院と図書館に行ってきた。

冷蔵庫に野菜が何もなかったので、スーパーにも行った。

坂を下り、いつもの神社でお参りもした。

ああ、やっと帰ってこられたなあと思いながら。

帰ってすぐのころには、台所で洗い物をしていると、実家の洗い物カゴの感じがふーっと蘇ってきて、重なったりもしていた。

あの感じはいったい何だろう。

実家での日々が、それなりに濃かったのかもしれない。

帰る日には、シンクを掃除した。

いくら掃除をしても、それほどにはピカピカにならなくて、母がそこで過ごしてきた年月を思った。

ひとりの人が生き続けていくことの、垢《あか》のようなものも感じた。

昼寝をしていた私が、台所に下りてきたら、ひじきと切り干し大根の煮物の残りにおからを混ぜ、お焼きのようなものを作っていた母。

楕円形にまとめたのに粉をまぶし、溶き卵をからませて、フライパンで焼こうとしていた。

手をべたべたにして。

母は強火で焼いていて、中まで火が通っていないのに、裏返した。

「フタをして弱火で焼かないと、中まで火が入らないよ」と私が言うと、「やーだ、そう?

ひとり鍋
（鶏肉、豆腐、白菜、えのき、ねぎ）

ひじきもおからも火が通ってるだから、冷たくてもいいのかと思ったさや」と、力なく笑った。

そういうときの母の表情や、体の傾け方、手に絡まってしたたり落ちる卵のどろどろ。私の話を聞くときに、口もとを凝視する（耳が遠いから）まっすぐな目も、よく蘇ってきていた。

あれ、今これを書いていたら涙が出てきた。

いやだなあ。

さーて、そろそろ『たべもの九十九』の続きをやろう。

夜ごはんは、ひさしぶりにご飯を炊いて、ひとり鍋（鶏肉、豆腐、白菜、えのき、ねぎ）の予定。

西京みそを買ってきたから、白みそ仕立てにしよう。

一月八日（月）曇り

ゆうべは明け方に、けっこう雨が降っていたみたい。

地面が濡れている。

朝、ゴミを出しにいって深呼吸した。

山の匂いのする空気。

それほどには寒くない。

曇っているけれど、空のところどころに水色がある。

朝ごはんのサラダにしようと白菜を切った。

芯のところをつまんでみたら、みずみずしくて、奥行きのある味がする。

びっくりするほどおいしい。

ためしに塩をちょっとつけてみたら、その味は薄らいだ。

玉ねぎドレッシングをかけたら、もうすっかり変わってしまった。

何もつけない白菜、おいしいな。

お正月に濃い味を食べ過ぎたから、舌が敏感になっているのか。

それとも本当に、白菜がおいしいのか。

この白菜はたしか、図書館のあるショッピングモールのスーパーで買った。

ゆうべから、絵本のお話が生まれはじめている。

ひとつ（ついこの間、浮かんできたもの）はほとんどでき、ずいぶん前にとちゅうまで書いておいたものも、形を変えてまた動き出した。

今日で『たべもの九十九』の校正が終わる予定なので、つよしさんと会う約束をした。

つよしさんは明日から学校（小学校で図工の先生をしてらっしゃる）がはじまるので、グッドタイミングだった。

四時に三宮駅で待ち合わせだ。

ずいぶん前に書けていた方のお話に、つよしさんが一枚だけ絵をつけてくださったのを見にいく。

楽しみだー。

それまでぎゅっと集中し、『たべもの九十九』をがんばろう。

夜ごはんは、北野のどこかのお店で食べる予定。

一月十日（水）
晴れのち曇り、のち小雪

七時に起きた。

ようやくいつもの生活に戻ってきたみたい。

夜も普通に眠れるようになったし。

つよしさんとの会は、とても楽しかった。

つよしさんは、ラフスケッチを何枚も描いてくださっていた。

その絵を見ながら、自分の作ったお話について、あっ、そういうことだったのか……と気づいたり。

陽射しの薄い、かすかな音しか聞こえない、こもったような私ひとりの世界に、風穴が開いたような感じ。

どんなふうにお話が流れていくかはまだ分からない。

はじまったばかりだから。

きのうは朝起きてすぐ、つよしさんが送ってくださった絵の画像をパソコン画面に映しながら、お話にもぐっていた。

でも、まだほとんど動かない。

そして午後から、『帰ってきた日々ごはん④』のパソコンでの作業をはじめた。

すっかり入り込んでしまい、夕方にはもう六割方できた。

絵本作りがいよいよ本格的になり、中野さんにも出会って、『どもるどだっく』の世界にのめり込んでいったころの日記なので、私もぐいぐいと引き込まれ、やめられなかった。

今日もまた続きをやる。

お昼ごはんを食べ、ふと窓を見ると、霙《みぞれ》が降っていた。

思いっ切り降っている。

窓を開けると、キーンと冷たい空気。

よし、続きは二階のベッドの上でやろう。窓に近いので。

霙はすぐに止んだ。

そしてまたパソコン画面に戻り、しばらくして目を上げたら、雪になっていた。

ふらふらふらふら舞っている。

その雪もすぐに止み、白い空。

続きをぐんぐんやる。

四時近くに、音を立てて雨が降りはじめた。

窓を開けるとさらに冷たい空気。

みっちりと隙間なく、シャワーのような雨。

降りながら、ところどころ凍ってもいるみたい。

海の方にも降っているのが見える。

首を出してのぞくと、めっぽう風が強い。

粉雪まじりの雨が、山から吹き下ろしてくる。

さっきまで、対岸の小さな煙突がロウソクみたいに光っていたのも、今はすべて白に覆われた。

大豆のトマト煮入りのチャーハン
白菜のサラダ

さあ、『帰ってきた 日々ごはん④』も残すところあと二日。

集中してやってしまおう。

今は、二〇一五年の大晦日。

あのころは本当に、スイセイとケンカばかりしていたな。

なんだか、年の終わりのような夕方だ。

夜ごはんは、大豆のトマト煮入りのチャーハン（ご飯が足りなかったので、大豆くらいの大きさに切った大根も加え、バターで炒めた。ゆで卵添え）、白菜のサラダ、赤ワイン。

一月十二日（金）快晴

きれいに晴れている。

空も海も、広範囲にきらきらきら。

きのうはとてもおもしろい一日だった。

まず、朝っぱらからCDデッキを分解した。

CDの取り出し口が、長いこと壊れたままになっていたので。

思った通り、歯車をつなぐ黒い輪ゴムが切れていた。

似たゴムを探しに、「コーナン」（ホームセンター）へ。

寒い中マフラーをぐるぐる巻きにして、流れの音を聞きながら川沿いをどこまでも歩いていくのは、とてもいい気分だった。

「コーナン」の2階の駐車場で、手の平を温めながら飲んだ、自動販売機のほうじ茶ラテのおいしかったこと。

目的のゴムはなかったけれど、洗濯機のホースや丈夫なガムテープなど、ずっとほしかったものを買えた。

帰りも川沿いを歩いて、適当なところで階段を上がり、お店がありそうな通りに向かって歩いていったら、見覚えのある場所に出た。

前に今日子ちゃんが案内してくれた、水道筋の商店街だ！

ふらふらと散策し、物産店のようなところで白菜と大根を買い、お腹がすいたので、おばちゃんがひとりでやっているタコ焼き屋さんののれんをくぐって、焼きたてを食べた。十個入りで二五〇円。ふわふわで、とてもおいしかった。

今日子ちゃんが連れていってくれた、古い方の商店街の魚屋さんにも行ってみたくて探したのだけど、どうしてももとの場所に戻ってきてしまう。

仕方なくあきらめ、山の方に向かってゆるやかな坂道を上った。

もう少し歩けば、いつもの「コープさん」。

買い物し、荷物をかついで坂を上っていたら、角のところでひょっこりヒロミさんと佐知子さん（イギリスから里帰りをしている、今日子ちゃんのお姉さん）に会った。歩いて帰るつもりだったのだけど、せっかくなので三人でタクシーに乗り、うちに遊びにきてもらった。

お茶を飲んで（佐知子さんと私はビール）しばしお喋りし、そのあとでヒロミさんたちは今日子ちゃんのいる三宮に向かい、三人揃って夕方にまたうちにいらした。

夜ごはんは四人で。

佐知子さんが飛行機で帰る前の日の、家族水入らずに参加させてもらったような楽しい晩餐だった。

リクエストをしたら、ヒロミさんがまたお好み焼き（キャベツと牛肉と卵、長ねぎと豚肉）を焼いてくださった。

おいしかったなー。

私は何を作ったんだっけ。

塩もみ大根とトマトのサラダ（玉ねぎドレッシング）、大根と昆布の煮物（薄目のコンソメスープ、塩、醤油、水溶き片栗粉でとろみづけ）、あり合わせグラタン（大豆のトマト煮を耐熱皿の底にしき、ホワイトソースを作って、蒸した蓮根と硬めにゆでた百合根を

カラスガレイの照り焼き
白菜とえのきの鍋蒸し煮
玉ねぎと豆腐の味噌汁

からめて重ね、四センチ角に切ったはんぺんをのせ、溶けるチーズを散らしてオーブンへ)。

さて、今日は一時から、台所まわりの取材で、「建築知識」という雑誌の編集者が東京からいらっしゃる。

もう、そろそろかな。

爽やかな好青年が、ふたりで訪ねてらした。

立ち上がるとふたりともとても背が高く、ハンサムで、いちいち驚いてしまう。

専門書なので写真撮影はなく、細かな質問に私がひとつひとつ答えていった。

短い文章と、イラストや図で表されるらしい。

台所に行って、あちこち説明すると、彼らはメモをとりながらスマートフォンで盛んに写真を撮っていた。

取材は二時間ほどで終わり、『帰ってきた 日々ごはん④』のアルバムについてと、このところのメールの不具合について、スイセイとやりとり。

一時間近くの長電話となり、お腹がぺこぺこ。

電話を切ってから、大急ぎで作って食べた。

夜ごはんは、カラスガレイの照り焼き、白菜とえのきの鍋蒸し煮(大根おろし、ポン酢醤油。色が黒ずむし、白菜の味が負けてしまうから、えのきは入れない方がよかったな)、玉ねぎと豆腐の味噌汁、ワサビの茎の醤油漬け(みっちゃんのお土産)、ご飯。

一月十三日(土) 晴れ

朝からゆるゆると、パソコンに向かっていた。

絵本と料理についての文章を依頼されているので。

これまでの絵本についての書類を箱から出し、部屋いっぱいに広げ、一冊一冊をどんなふうに作ってきたかを思い出しながら書いていた。

編集者とのメールのやりとり(プリントしておいた)を読んだり。

神戸に越してきたばかりのころ、次々にできていたお話も読み返した。

なんだか、世界がとても濃い。

知らない人が書いたみたいだった。

私は少し、あのころから書くものが変わってきているかも。

文章は四時くらいにだいたい書けた。

文字数を大幅にオーバーしてしまった。

締め切りはまだ先だから、しばらくねかせておこう。

ヒロミさんのお好み焼き
（キャベツ、豚肉）
白菜スープ（ゆうべの鍋蒸し煮の残りで）

今日もきのうの続きで、メールの不具合についてスイセイがいろいろ調べてくれた。

夕方、電話をつなげたまま、部屋を行ったりきたりしながら、スイセイの言う通りにパソコンに入力した。

これで、緊急にしておかなければならないことは、ひとまず終わったとのこと。

ほっ。

お腹がすいたので、続きは明日。

夜ごはんは、ヒロミさんのお好み焼きを再現（キャベツ、豚肉）、白菜スープ（ゆうべの鍋蒸し煮の残りで）。

一月十四日（日）
晴れのち曇り

五時くらいに目が覚め、書きかけの絵本のことや、絵本についての文章のことやら、言葉が浮かんできて頭の中をぐるぐる巡っていた。

なんだか寝ていられないような気持ち。

六時半くらいにカーテンを開けると、水平線が朝焼けだった。

オレンジ色のグラデーション。

あり合わせグラタン
ワンタンスープ

カーテンはそのままにしておいて寝転ぶと、ちょうどその位置から白い月が見えた。細い細い、新月間近の月。切ったばかりの爪みたいな月。太陽が顔を出しても、まだ見えている。極細で半透明の月は、水色の空を少しずつ上り、そのうち見えなくなった。

七時半に起きた。

朝ごはんを食べてすぐに、絵本のテキストに向かう。できたみたい。

つよしさんとのテキストは、まだできない。

絵本についての文章にまた向かう。

スイセイから連絡があり、電話をつなげたまま、きのうと同様にあっちへ行ったりこっちへ行ったりしてパソコン入力。

そのあと、『帰ってきた 日々ごはん④』のアルバムと、表紙の絵について軽くミーティング。

夜ごはんは、あり合わせグラタン（この間、ヒロミさんたちが来たときの残りをオーブンで温めた）、ワンタンスープ（白菜、ワカメ、ねぎの青いところ）。

早めにお風呂に入り、ベッドの中で『飛ぶ教室』を読む。

明日から「気ぬけごはん」を書くつもり。

一月十五日（月）
薄い晴れ

今朝は陽の出前にカーテンを開け、寝転ぶと、雲が少しずつ茜色に染まっていくのが見えた。

でっかい太陽が完全に顔を出すまで眺めていた。

太陽が昇ると、とたんに暖かくなる。

ゴミを出しにいった。

寒いことは寒いけど、それほどではない。

朝ごはんを食べ、洗濯機をまわしながら「気ぬけごはん」。

うちの換気扇は、穴が開いたところに網を張ってあるだけのとてもシンプルな仕組み（穴は建物の外につながっていて、そこにも同じような網が張ってある。吸い込み用のプロペラがどこかについているらしい）なのだけど、その網が油で詰まって、吸い込みが悪くなっていた。

カラスガレイの西京漬け
肉じゃが
大根の味噌汁

なので、管理人さんに書き置きをしておいた。

管理人さんはすぐに脚立と青いビニールシートを持って、網を取り替えにきてくれた。

廊下の外にある排気口の網も、取り替えてくださる。

お昼前に、中野さんから一枚の絵が送られてきた。

今年はじめての絵。

昇ったばかりの太陽のような、オレンジ色のキンセンカの絵。

パソコン画面を整理し、絵を飾った。

樹《たつる》君の新しいCDをかけながら、「気ぬけごはん」の続き。

夕方四時くらいにだいたい書き上がった。

仕上げは明日やろう。

陽が沈むとぐっと温度が下がり、とたんに寒くなる。

太陽の力は本当にすごい。

夜ごはんは、カラスガレイの西京漬け（自分で漬けたのをオーブンで焼いた）、肉じゃが（牛コマ切れ肉、玉ねぎ）、大根の味噌汁、ご飯。

一月十七日（水）雨

目が覚めたとき、雨の音がすると安心するな。

まだ薄暗いけれど、カーテンを開けたら七時になるところだった。

今日は雨か。

こんな日は本を読みふけろうか。

きのうは、あちこち出かけた（「ＭＯＲＩＳ」で今日子ちゃんとお喋りしたり、バスに乗って阪急御影の電気屋さんや、古い商店街を散策したりした）ので、晴耕雨読《せいこううどく》の気分。

と思うも、一冊読みはじめたら、やっぱりとちゅうで起き出してしまった。

朝風呂から出ると、窓の外が夕方のよう。

これから夜になるみたいな薄暗さ。

そのうち霧が出て、下の街が真っ白になった。

静かな静かな日。

朝ごはんのトーストにのせた、今日子ちゃんのおみかんジャムがたまらなくおいしい。

ほろ苦い皮と、とろとろジューシーな実。

「今日子ちゃん、おいしいよー」と、窓に向かって手を振った。

中野さんが絵を送ってくださった。

じっと見ていると、お話が浮かんできそう……というか、すでにもう物語になっているような絵。

一冊分のお話が入ってる。

絵本と料理についての文章は、どうやらできたみたい。

推敲して仕上げ、四時くらいにお送りした。

余った紙がたくさんあるので、つけペンで絵を描いた。

この間、実家に帰ったとき、幼稚園の園児たちの集合写真をもらってきた。

二〇代の母は溌剌《はつらつ》とした顔をしているし、昔の子どもたちもいろんな顔形があって、自由な感じがして、とてもおもしろいので。

その写真を見ながら、いろんな顔を描いてみた。

自分の小さいころの顔も描いた。

なんだか静かな日だなと思っていたら、今日は神戸の震災の日だ。

夕方、知った。

二十三年前の一月十七日も、こんなに寒い日だったのだな。

冷蔵庫に残っていた日本酒を盃に一杯、窓から見える街に向かって献杯した。

この街に住まわせてもらっていることに、感謝。

夜ごはんに餃子を包み、焼いて、食べた。

「暮しの手帖」に載っていた、ひき肉と玉ねぎとねぎだけの餃子。

餃子だけであとは何も食べない。

一月十八日（木）晴れ

今朝の陽の出は、大きな太陽が海に映っていた。

きのうとは打って変わり、よく晴れている。

洗濯をして、ひさしぶりにバスローブだけ屋上に干しにいった。

風もなく、とってもいい天気。

山はいつの間に、こんなに裸になったんだろう。

そういえば猫森（木が集まって森のようになっているところ。猫がうつ伏せているように見える）も、木の葉がすっかり落ちている。

そのおかげで、昇りはじめの太陽がいつも見られる。

つよしさんとの絵本のことを、朝からずっとやっていた。

とちゅう、掃除機をあちこちかける。

埃がいっぱいたまっていた。

ドリア
餃子（ゆうべの残り）

雑巾がけも、すみずみまで。

絵本のことを考えながら、鏡を磨いていて、ずっと思っていた言葉を思い出した。

また絵本の続き。

三時ごろ、台所の方ではらりと音がして、換気扇の網が落ちた。

銀色のテープで貼ってあるだけだから、「もしもはがれてしまったら、いつでもおっしゃってくださいね」と、ちょうど今朝、管理人さんが言っていた。

屋上にバスローブをとり込みにいきながら、管理人さんにお伝えしたら、すぐに来て直してくださった。

つよしさんとの絵本は、もしかしたら、なんとなく……できたかも。

プリントアウトをして、寝る前にベッドの中で読んでみよう。

夜ごはんは、ドリア（人参と蕪のクリームシチューを作り、冷やご飯を少し加え、チーズをのせてオーブンで焼いた）、餃子（ゆうべの残りを焼き、ウスターソースで）。

一月二十一日（日）晴れ

とても暖かい。

窓を開けたら、そよそよと風。

春がきたと間違えてしまいそうな陽気。

きのうは「鉄道芸術祭」のクロージングイベントで、「太陽バンド」の畑さんと野村卓史さんのライブがあった。

立花君が撮ったポルトガルの車窓の大きな映像をバックに、ふたりの奏でる音楽を聞いた。

楽しくてたまらず、私は演奏の間中ずっとにやにやしていた。

「とんちピクルス」のとんちさんが加わったラップの曲も可笑しくて、涙が出てきた。

なんか、感動した。

立花君がポルトガルの泥棒市でみつけた、「イル・トレノ」という古い楽譜の曲のお披露目もあった。

表紙に描かれた列車の絵がよかったから、たまたま立花君が買うことになったその楽譜。

立花君は、どんな曲が収まっているのかまったく分からないまま、卓史さんに託したのだそう。

ふたりが演奏をはじめると、電車が走り出し、スピードを上げ、アコーディオンとエレキギターがからまって景色がぐんぐん流れ、線路の軌跡が光る。

そして、徐行しはじめたなと思ったら、大阪の中之島（「鉄道芸術祭」が開かれている場所）に戻ってきた。

レールを走り続けていたつもりが、海を越え、空を越え、ポルトガルから大阪の、私たちがいるこの場所へ。

「イル・トレノ」は、音符がぎっしり黒々と並んでいて、テンポもおそろしく速く、とても難解な曲だったらしい。

卓史さんが楽譜を訳し、演奏し、編曲し、練習を重ね、畑さんとのお披露目に至るまで、とんでもない苦労があったことだろう。

私はこのところ、部屋にこもって文ばかり書いていた。

パソコンの画面の活字を頭の中でこねくりまわし、そこから浮かんでくる世界だけに浸っていた。

ひとりでいると、ひとりごとを言うようになる。

考えなくてもいいようなことを、考えたりもする。

畑さんたちのライブを聞きながら、なんか私、このごろ、半分死んでいるみたいだったなと思った。

死んでいるというのは大げさか。

眠っている、という感じかな。

ごはんは三度三度作ってちゃんと食べていたけれど、なんか、生き物たちとのやりとりをしていなかったような。

ライブが終わって、畑さん、卓史さん、立花君、カクちゃんと外のカフェで冷たい風に吹かれながらコーヒーを飲んだり、立花君が連れていってくれた心斎橋のタコ焼き屋さんの前で、打ち上げメンバーが集まるまで、三十分くらい立って待っていたり。

そのタコ焼き屋さんは偶然、二年前に『実用の料理 ごはん』の編集の村瀬さんが連れていってくれたのと同じ店だったり。

あのころ私はまだ東京に住んでいて、その日は、心斎橋の「スタンダードブックストア」でトークイベントがあったのだ。そして同じ日に、六甲の今住んでいるアパートメントを、はじめて下見したのだった。

みんなしてタコ焼きを何皿も頼んで、騒いだり、大笑いしたり。

「パリパリチーズ」という一皿が、確かにパリパリなのだけど、想像していたのとまったく違って、可笑しかったり。

あ、そういうことか。

私はこのところ、自分の思い通りになることばかり、予想のつくようなことばかりしていた。

外に出ると、風が吹いていて、人々は行き交い巡っているから、自分の思い通りにならないことがぽんぽん起こる。

誰かが何か言うのをじっと待っていたり、何かがはじまりそうなのをぼんやり待っていたり。

そういうこと？

何かが起こったら、そこに自分ものっかって、楽しむ。

生きているって、そういうこと？

なんか、そんな感じがした一日だった。

私が外に出ると、待ってましたというふうに、受け入れてくださる人たちのネットワークができているような感じもあった。

そういうのも、ちょっと意外だった。

私、ずっと休んでいたんだろうか。

というわけで、ゆうべは十二時過ぎに帰ってきた。

慌てずに駅まで歩いて、御堂筋線に乗り、梅田から阪急電鉄に乗ったら、たまたま特急の終電だった。

今日はあちこち掃除をし、雑巾がけ。

これから、つよしさんがいらっしゃる。

絵を持ってきてくださる。

とても楽しみ。

一月二十四日（水）　快晴

朝のラジオの天気予報では、全国的に寒波が来ていると盛んに言っていた。

兵庫の北の方でも雪になるから、警戒してくださいとのこと。

けども六甲は、信じられないくらいによく晴れている。

とても暖かい。

海はいつにも増してきらきら。

眩しいからカーテンも閉めたままだ。

きのうは、陽が傾いてからとても寒くなった。

あんまり急に寒くなったので、雪も霙も降っていないのにおかしいなあと思って、何度も窓を開けて確かめた。

薄氷のようにぴんと張った空気、いつもとは違う格別な寒さだった。

今年いちばんの寒さだったと思う。

今日は、のびしろが増えたみたいに暖かい。

ここしばらく日記が書けなかった。

といっても、書いてないのは二日間だけか。

なんだか短い間に、いろいろなことがあったような気がする。

まず、つよしさんとの絵本ミーティング&ごはん会は、新しい発見もあり、とても有意義な時間だった。

次の日には朝からお弁当をこしらえ、「鉄道芸術祭」の搬出をしている立花君たちのところへ差し入れにいった。

帰りに「ヨドバシカメラ」に寄って、前回行ったときに目をつけておいたCDデッキを買い、持って帰ってきた。

冷たい雨の降る、寒い日だったな。

きのうは何をしていたのだっけ。

あちこち掃除をして、CDデッキをつなぎ、『たべもの九十九』の編集者の小出さんと電話で打ち合わせをし、夕方にはアリヤマ君からお電話をいただいたんだった。

その間、つよしさんの絵本のテキストに向かい、ああでもないこうでもないと書き直していた。

ゆうべは、佐野洋子さんの本（『佐野洋子の「なに食ってんだ」』）のカバーと帯のデザインも送られてきた。

私の書いた帯文が、洋子さんの絵の隣に並んでいる。

とてもとても嬉しい。

じつは去年（二〇一七年）の十二月に、この本の編集者さんがいらしたときのことを日記に書いていました。

十二月二十二日の日記（『帰ってきた 日々ごはん⑧』に掲載）の続きとして、読んでいただけたら嬉しいです。


佐野洋子さんの本の編集者さんが、すがすがしくとても感じのいい方だったので、軽いお打ち合わせのあと、屋上に上った。

そしたら急にビールを呑みたくなって、また部屋に戻り、りう（娘）が送ってくれた蓮根をすりおろし、お焼きを作った。

屋上では、裏山を眺めながら、そして山の上を円を描きながら上昇しているとんびを眺めながら、私は洋子さんのことを聞いたのだ。

「洋子さんは怖かったですか？　激しい方でしたか？」

編集者さんは、「うーん……」と言って、しばらく沈黙してから、答えてくださった。

慎重に、言葉を選んでらっしゃるようだった。

「心にあることをそのまま、感じたことをそのまま話す方でした。うそをついたり、何かに紛らわしたりすることなど、少しも思いつかないみたいに」

「お酒は好きでしたか?」

「いいえ、煙草はよく吸われてましたけど、お酒はまったく呑まれなかったんですよ」

編集者さんは、NHK出版の川村さんという。

川村さんは子どものころ、洋子さんご一家と家族ぐるみでおつき合いをしていた。一緒にお出かけしたり、家にもよく遊びにいって、洋子さんの手料理をごちそうになったり。

息子の弦《げん》さんは二つ年上で、川村さんとは幼なじみ。

洋子さんが離婚なさってからは、三十年近く会わない期間があったけれど、病気をされてからまた再会したのだそう。

川村さんは長年の念願がかなって、弦さんと一緒に洋子さんのご本を作ることになり、その帯文を私に依頼してくださった。

その本は、食べ物にまつわる文章が、エッセイや絵本の中から、あいうえおの順に引用されているそうだ。

洋子さんがよくこしらえていた料理を、弦さんが再現して作り、カラー写真とレシピも載っている。

私が今作っている本も、あいうえお順のたべものエッセイの本（『たべもの九十九』のこと）だから、ご依頼をいただいたときに私は驚き、そういうのはお受けしてはいけないような気がして、大急ぎで断った。

そうしたら、「ご遺族の方が、高山さん以外に帯を書いていただける方を思いつかないとおっしゃっている。お断りされてもかまわないから、お話だけでもさせてください」と川村さんから電話があった。

それで、はるばる神戸までいらしてくれたのだった。

蓮根のお焼きのあとは、長ねぎの青いところが冷蔵庫にとってあったのをゆで、ぬたにした。

つまみが減ってくると、牡蠣のオリーブオイル漬けを出したり、チーズやサラミを切ったり。

台所のカウンターでお喋りしながら、不思議な距離感を保ったまま……でも私は、川村さんのことを、昔からよく知っている方のような感じもしていて。

いただいた帯の仕事にも関係がないし、聞かれてもいないのに、私は自分のことをたくさん話した。

どうして神戸へやってきたのか、今の心境など、ごまかしのないよう言葉を選びながら、ぽつぽつと、あれもこれも。

話さずにはおられなかった。

なんか、ずっと、洋子さんが近くにいるような感じがして。

川村さんは暗くなる前に、坂を下って帰っていった。

私も坂のとちゅうまでお見送りした。

あの日にはまだ空は明るく、白く出ていた細い三日月が、今は寒空につきささりそうな濃いオレンジの月になっている。

洋子さんの本の帯文だなんて。

こんな私のところに、お仕事くださるだなんて。

なんて、もったいないことだろう。

私がぽつぽつと、何でもかんでもお喋りしてしまったのは、書かせていただくお礼をしたかったのかもしれない。

川村さんを通じて。

空の上の洋子さんに。


きのう、アリヤマ君に宿題をいただいたので、本当はそっちに向かいたいのだけど、朝から絵本のことをやりはじめ、とちゅうでメールを書いたり、電話がかかってきたり。机に向かうと、どうしても絵本の方に引っ張られてしまう。

そうだ。

二月十三日に東京へ行くことになった。

吉祥寺の「キチム」にて、木皿泉さんとトークショーをする。

木皿さんに会えると思うと、緊張してくる。

上京するのはとてもひさしぶり。

おととしの十二月に、『たべたあい』の原画展で、原宿の「ギャラリー・マヤ」さんに通っていたとき以来だろうか。

それまでにやらなければならないことがたくさんあるから、ひとつひとつに立ち向かい、終わらせていこう。

夕方になったら、海がやけに青い。

水色ではなく、藍色。

窓を開けると、頬を切るような寒さ。

こんなに青いのは、寒さのせいなのかな。

夜景が灯りはじめると、さらに深い藍色に。

空の真上には三日月。

ああ、長々と書いてしまった。

ここまで読んでくださった方、ありがとうございました。

夜ごはんは、お好み焼き二枚（菊菜、豚コマ切れ肉、卵＆もやし、豚バラ肉）。

一月二十六日（金）
晴れ、一時小雪

海がきらきら。

朝、プラスチックのゴミを出しにいったら、空気がきりっとしていた。

きのうの夕方、アリヤマ君からいただいた宿題を出しにコンビニまで下りたのだけど、とても寒かった。

うちはよく陽が射すし、セントラル・ヒーティングのせいで建物中が暖かいから、分からなかった。

そうか。

朝でも昼間でも、今はこんなに寒いのだな。

さて、今日は『たべもの九十九』の再校正をやろう。

ベッドの上でやろう。

これはゆうべ、寝る前から決めていた。

アリヤマ君と山本さん（アリヤマ・デザインストアの女の子）のデザインが反映されたものなので、きのうから嬉々として向かっている。

明日の夜、中野さんがいらっしゃることになった。

大阪で打ち合わせがあるとのこと。

クリスマスの次の日以来だから、お会いするのはほとんど一カ月ぶり。

二時くらいから、小雪が舞いはじめた。

空は晴れている。

お天気雪だ。

ときどき、舞う雪を眺めながら、ときどき、窓を開けたりもしながら、『たべもの九十九』の校正。

五時までやって「ほ（干ししいたけ）」が終わり、今日の分はもうおしまい。

なんとなく窓の外が黄色っぽい。

陽が沈もうとしているのだ。

雲の縁が黄色い。

建物のところどころも、黄色く光っている。

なんだか、黄色い大きな雲の中に入ってしまったよう。

雲の中で小雪が舞っている。

雪はどんどん強くなり、風に煽《あお》られ、上からも下からも降ってきているよう。

夜ごはんは、大豆と野菜のあり合わせグラタン（お昼に作った大豆と白菜のトマトスープにトマトペーストを加えて煮つめ、つよしさんと食べた焼きじゃが芋、ズッキーニ、人参、しめじ、ほうれん草のオリーブオイル炒めの残りをのせ、ホワイトソースとチーズをかぶせて焼いた）。

一月二十七日（土）
晴れに舞う雪

七時に起きた。

カーテンを開けると、大きな大きな橙色《だいだい》の陽の出。
海にも大きいまま映っている。
寝転んで空を眺めると、雲のひとところだけ虹色に光っている。
何かがプリズムの働きをしているのかな。
そして小雪が舞っている。
六甲の二度目の冬。
晴れているのに舞うお天気雪だ。
うっすらと積もり、道路が白くなっている。
朝ごはんを食べ、洗濯機をまわしながらつよしさんとの絵本のテキストを直す。
ゆうべ、寝る前に気づいたことがあるので。
ふと窓を見ると、さっきよりさらに晴れている。
小雪は細かな粉となり、ちかちかと光りながら舞う。
こういうの、なんとかダストというのだっけ。
海は白銀に光り、ラジオからはお正月みたいな三味線の曲。
さて、今日もまた『たべもの九十九』の校正だ。
ベッドの上でやろう。

鶏せせりのオリーブオイル塩焼き
白菜サラダ
自家製ソーセージ

一月三十日（火）快晴

午後から薄暗くなり、本格的な雪となった。

ここらの坂は急だから、路面が凍結したらタクシーも上ってこられない。

中野さん、大丈夫かな。

そのあとでまた晴れてきた。

雪はほんの少しだけ、ちらちら。

中野さんは明るいうち（四時半くらい）に着いた。

夜ごはんは、鶏せせりのオリーブオイル塩焼き、白菜サラダ（手作りマヨネーズ）、自家製ソーセージ、マッシュポテト、焼きトマト、ほうれん草炒め（中野さん作、砕いたナッツが入っていた）、ビール、赤ワイン。


春が来たみたいに暖かい。

窓を開けていても、ちっとも寒くない。

中野さんがいらした次の日、宝塚線に乗って「清荒神《きよしこうじん》」さんへ初詣にいった。

「清荒神」さんは、台所の神様だそう。

ちらちらと雪が舞う、寒い日だった。

参拝にきている人たちはみな傘をささず、髪の毛に雪のひらをつけて歩いていた。

私もそうした。

雪に洗われるようで、とても気持ちがよかった。

参道には乾物屋さんなどの屋台がたくさん並んでいて、日曜日だからほどほどに賑やかで。

私は、あこや貝の兎《うさぎ》と月がはめ込まれた、赤い塗り箸を買った。

お社の上の方に小さな滝があった。

滝壺の水は静かに澄んで青っぽく、縁のところが緑がかっていた。

絵本に出てくる龍の住処は、きっとこんな色をしているんだろうな。

お昼ごはんに入ったところがとてもいい感じのお店だったので、お参りをしてから、帰りにまた寄った。

熱燗を二合に、海老の箱ずし、なまこ酢、ふぐ皮ポン酢。

冷えた体が温まり、また電車に揺られて帰ってきた。

「清荒神」さんで、山椒を多めに七味唐辛子を調合してもらったので、夜ごはんはお鍋にした。

それがとてもおいしかった。

薄目にだしをひいて、まずは鶏のもも肉と絹ごし豆腐から。

食べ終わったら白菜、菊菜、しろ菜、えのき。

土鍋を台所の火にかけながら、それぞれが食べたい具を泳がせ、煮えばなを柚子入りのポン酢醤油につけて食べた。

薬味は青ねぎ、大根おろし、七味唐辛子のみ。

中野さんは立ち呑み屋風に立ったまま。

私は器によそりにいっては、階段に座り、絵を見ながら食べた。

日本酒をちびちび呑みながら。

中野さんはきのう帰られた。

三宮までお見送りし、お昼にハンバーグ屋さんでランチ（白身魚のフライ添え、コーンスープ、サラダ）をがっちり食べた。

今朝起きたら、唇の上に吹き出物ができている。

私は栄養のとり過ぎだ。

というわけで、たっぷり遊んだので、今日からまた仕事をがんばろう。

夜ごはんは、親子どんぶり（鶏肉を焼いてから煮汁に加えてみたら、香ばしく、とてもおいしい）、おろしあんかけ汁（大根おろし、ねぎ、柚子皮）。

一月三十一日（水）晴れ

六時半に起きた。
空の下の方に、朝焼けの長い帯ができていた。
橙色の上は、藍色。
カーテンをいちど閉め、七時にまた開けて、陽の出を見る。
毎日毎日、一日として同じ日がない。
今日はソーセージのレシピを書いたり、仕入れをまとめたり。
十一時過ぎに、待ちに待った荷物が届いた。
校閲さんが確認済みの、『たべもの九十九』の最終校正だ。
お膳の上に並べ、お茶を水筒に入れていそしむ。
至福の時間。
三時までやって、アリヤマ君と山本さんから、表紙まわりのデザインが届いた。
四種類も！
パソコン画面に大きく貼り出して見るも、迷ってしまう。
こりゃあ、選び切れないや。
そのあとで中野さんからも、紙版画の画像が届いた。

親子どんぶり弁当（お昼の残り）
白菜入り「ぺろっこらーめん」

なんだか、楽しみなお土産をもらい過ぎて、どこから開いていったらいいのか分からないような気持ち。

しかも今夜は月食だそう。

ベッドの反対側に枕を置いて、眺めよう。

夜ごはんは、親子どんぶり弁当（お昼に食べた残り）、白菜入り「ぺろっこらーめん」(岩手の物産展で買った、ワンタンの皮みたいなラーメン)。

＊1月のおまけレシピ

ひとり鍋（白みそ仕立て）

鶏もも肉100g　白菜1枚　えのき½束　絹ごし豆腐½丁
長ねぎ10cm　だし昆布1枚　西京みそ大さじ2
その他調味料（1人分）

コンロの上で煮えばなをいただく鍋ものは、ひとりだとなんとなく侘しくて気が進まないけれど、具にすっかり火を通してから食卓に出せば、なぜかちっとも淋しく感じません。

白みそ仕立てなので少し甘めのこのお鍋。お好みで、信州みそなどのクセのない味噌と半々にしてもおいしいです。パンチをきかせたいときには、さらにおろしにんにく、豆板醤、ごま油、キムチなどを加えてください。

ひとり用の土鍋は、鍋焼きうどん用の小振りのものしか持っていないので、私はもっぱらル・クルーゼの直径18cm鍋を使っています。20年来のつき合いのこのホーロー鍋で、スープも、野菜の蒸らし炒めも、グラタンも、カレーも、何でも作ってしまいます。


鍋の六分目くらいまで水を張り（500mlが目安）、だし昆布を3時間ほど浸しておきます。

その間に具の準備。鶏肉は4等分、えのきは長さを半分に、白菜は食べやすい大きさのそぎ切り、長ねぎは斜め切り、豆腐は奴に切っておきます。

昆布がもどったら酒大さじ1、トリガラスープの素小さじ1/2を加え、中火にかけます。煮立ったら鶏肉を加え、弱火でコトコト煮ます。

鶏肉に火が通ったら、西京みそを溶き入れて味をととのえてください。

白菜を加え、フタをずらしてのせ、しんなりするまで煮ます。

えのき、豆腐を加えて再びフタをずらしてのせ、ぐらっときたら食卓へ。薬味は刻みねぎ、七味唐辛子または柚子こしょう。もみじおろしも体が温まります。

2018年2月

いい景色を眺めながら、歯磨きをするのが好きだ。

二月一日（木）
粉雪のち雨

ゆうべの月食は、八時半を過ぎたころからはじまった。

誰かが黒い下敷きで、左下の方から少しずつ月を隠していっているみたいだった。

じわじわと確実に形が変わっていく。

それを、寝ながらずっと見ていた。

最後に三日月になってからは、ずいぶん長い間三日月のままだった。

目をつぶって、また目を開けても、三日月のまま。

そのかわり、じわじわと細くなってゆく。

次に目を開けたら、どこに月があるのか分からなくなった。

そのうちうっすらと、赤茶っぽい小さな丸がおぼろに浮かんできて、ああ、あそこにあるなと思ったら、すごいスピードでぐんぐん姿を現した。

そこだけ早回しのようだった。

赤銅色の月は、コリンとして堅そうだった。

飽きるまで眺め、それから眠った。

ときどきカーテンを開けて確かめながら。

月のまわりも、空も、赤みがかった黄土色。

最後に見たときには月はもうなくなっていて、空全体がふっくらと膨らみ、黄土色になっていた。

とても不思議な色だった。

今日は、朝から粉雪。

『たべもの九十九』の再校正日和だ。

さあ、いそしもう。

四時までやって、夜ごはんの支度をゆっくりやった。

「清荒神」さんで買った生姜を刻んで佃煮にしたり、百合根の下ごしらえをしたり。

百合根の味噌汁は、白みそ仕立てにするとたまらなくおいしい。

アムたちがクリスマスに送ってくれた百合根は、これでもうおしまい。

夜ごはんは、じゃが芋だけのコロッケ（マッシュポテトの残りで）、しろ菜のおひたし（ごま油、ポン酢醤油）、納豆（卵、ねぎ、思いついて柚子皮を刻んでみた）、生姜の佃煮、田舎風たくあん（「清荒神」さんで買った）、味噌汁（百合根、豆腐）。

じゃが芋だけのコロッケ
しろ菜のおひたし
生姜の佃煮

二月四日（日）　晴れ

さっき、コンビニまで下りて宅配便を出してきた。

このところ、寝ても覚めてもやっていた『たべもの九十九』の最終校正が終わったので。

陽は射していたけど、けっこう寒く、風も強かった。

でも、すがすがしい空気。

坂を下りるとき、モミの木の集まりが枝を揺らして風に鳴っていた。

いつもの神社でお参り。

帰りは荷物がないので、すいすい。

最後は後ろ向きで、青い海を見ながら上った。

でも、今日はちょっとくたびれた。

朝からソーセージを十二本仕込んで干したし。

これは火曜日に、「ＭＯＲＩＳ」で開くソーセージ教室の生徒さんに食べていただくためのもの。

おいしくできるといいな。

今日子ちゃんがつけてくれたタイトルは、「なおみさんのソーセージ＆マッシュポテト実演教室」。

カレーライス
らっきょう（「nowaki」のミニちゃんの）
ほうれん草と小松菜とコーンのバター炒め

こんなコメントも添えてくださった。

「昨年末、高山なおみさんのお家であったかいごはんをご馳走になり、お土産に手作りソーセージをいただきました。あまりに美味しかったので、ソーセージ教室をお願いしました」

早めに夜ごはんの支度をしながら、玉ねぎドレッシングとマヨネーズを仕込んだ。

これもまたソーセージ教室のためのもの。

今夜はカレーライスの予定。

思う存分やって、ようやく『たべもの九十九』を送り出したと思ったら、引き換えのようにしてアノニマから荷物が届いた。

こんどは、『帰ってきた 日々ごはん④』の初校。

すごいなあ。どこかから見られているみたい。

やることがあるのはとても嬉しいし、ありがたいのだけど、でも、もう少し休んでからとりかかろう。

今夜も「ムーミン」を見ながら夜ごはんを食べ、お風呂に入ったら、早めに寝よう。

夜ごはんは、カレーライス（豚肉、人参、玉ねぎ、じゃが芋）、らっきょう（「ｎｏｗａｋｉ」のミニちゃんの）、ほうれん草と小松菜とコーンのバター炒め。

二月六日（火）快晴

風もなく暖かい。

今朝の海は、きらきらというよりぴかぴかしている。

平らにぺったりと光っている。

いい景色を眺めながら、歯磨きをするのが好きだ。

なので今朝は、わざわざ二階に上って窓を開け、手を腰に当ててした。

そういえば山の家でも毎朝歯ブラシを口にくわえ、庭に出て畑を眺めながらとか、スイセイが朝飯前の作業をしているのをぼんやり見ながらとか、していたっけ。

帰ってきてからきれいになっていると気持ちがいいので、あちこち掃除機をかけた。

さて、そろそろソーセージ教室に行ってこよう。

どんな生徒さんがいらっしゃるんだろう。

今日子ちゃんとヒロミさんのおかげで、こうして外向きになれるのがとてもありがたい。

放っておいたら私は、ずっと、家にこもって書き物ばかりしているから。

さて、どうなることやら。

二月九日（金）晴れ

七時に起きた。

よくない夢をみて、目覚めが悪いような感じだった。

このところ人にたくさん会い過ぎて、もしかしたら私はちょっとくたびれているのかも。

ソーセージ教室はとても楽しかった。

集まったみなさんが、ソーセージとマッシュポテトをそれはそれはおいしそうに食べていて、私は心底嬉しかった。

今日子ちゃんのブンタンのデザートも、ガラスの美しい器に負けない澄んだ味がした。房からはずしたブンタンと甘夏のシロップ和え、アール・グレイ紅茶のグラニテ、水のゼリーの絶妙な組み合わせ。

おいしかったなあ。

今日子ちゃんはくったくのない人だから、デザートの味にも、盛りつけにもそれが表れる。

きれいなのに、整い過ぎていないところがまたいいんだと思う。

なんか「ＭＯＲＩＳ」で開く教室は、清潔で実質的な心のようなものを、やりとりするような安心感がある。

静かで、おおらかで、ゆっくりと落ち着いた空気。

あの日は、教室に参加してくれた宮下亜紀さん（京都に住んでいる編集者）をお誘いし、うちで過ごした時間もとても楽しかった。

私は、信頼できる関西の編集さんに、また新しく出会えたのだと思う。

きのうは、「かもめ食堂」のりっちゃんとやっさんが突然遊びにやってきて、ソーセージとマッシュポテトを作り、一緒に食べた。

私は木皿さんの新刊（『木皿食堂③　お布団はタイムマシーン』）のゲラを切って、本のようなものを作っていたので、なんとなくふたりのことも思いながらやっていた。

だから、玄関を開けて佇んでいるふたりを見たとき、「わっ！」とびっくりしつつ、それほどどこには不思議じゃなかった。

車で坂を下り、いつもの「コープさん」に買い物にいったり、ふたりのマンションをちょっとだけ訪ねたのも楽しかった。

そうそう。

きのうは、朝から管理人さんが長靴姿でいらっしゃり、お風呂場の下水のつまりと格闘してくださった。

ズッポン！　ズッポン！

「こうやって、何度も繰り返して、まあ、二時間も続けておれば、そのうちすーっと通ることがあるんです」とおっしゃって。

いちど様子を見にいったら、配管の黒い鉄サビが浮かんだ水びたしのお風呂場に立って、腰を曲げ、排水溝の奥の方をじっとのぞいてらした。

微妙な水の引き加減を、観察しているようだった。

私の髪の毛が絡まった、わけの分からないようなゴミも、取りよけてあった。

ああ、本当に申しわけない。

私はとちゅうでコーヒーをいれた。

朝十時に来てくださって、柱時計が十二回鳴るまでやって、「高山さん、やっぱり私ではだめのようですわ。事務所に伝えて、業者さんに来てもらうようにいたします」とおっしゃった。

管理人さんは、本当に立派な人だ。

けっきょく、管理事務所の方の立ち会いのもと、七時過ぎに業者さんがふたり来て、十五分ほど作業をし、すぐに流れるようになった。

今日は、朝からあちこち掃除。

すみずみまで雑巾がけもした。

シーツ、バスタオル、布巾、クロスなど、四角い物をたくさん洗濯し、屋上に干してきた。

掃除やら、書類の整理やらしているうちに一日が終わってしまった。

なんとなく、何かがはじまる前のような、そのせいで胸のつかえがあるような、そんな感じもする。

新しく何かがはじまるときというのは、楽しみと同時に不安もある。

そういう日は掃除をするにかぎる。

『帰ってきた 日々ごはん④』の校正は、もう少し落ち着いてからやろう。

夜ごはんは、白身魚とキノコのグラタン（カラスガレイ、舞茸）、ほうれん草と菊菜のオリーブオイル炒め、蕪の味噌汁、生姜の佃煮、たくあん、ご飯。

白身魚とキノコのグラタン
ほうれん草と菊菜の
オリーブオイル炒め

二月十日（土）雨

冷たい雨。

八時半に起きた。

ぐっすり眠って、夢もいろいろみた。

パンを切らしているので、朝ごはんはパンケーキを焼いた。

トマトも焼いて、仕上げにワインビネガー。

これはなんとなく、ポルトガルな感じ。

鰯の塩焼きと食べたらおいしそうな味。

さて、これから大阪の画材屋さんに行ってこよう。

まず、「プチ・ブレ」さんでおいしい食パン（この間、今日子ちゃんが作ってくれた卵サンドがとてもおいしかったので）を買って、「MORIS」に寄って荷物を置かせてもらい、また帰りに寄って、本（ソーセージが載っている『料理＝高山なおみ』）にサインもしてこよう。

小旅行な気分で、楽しみだ。

画材屋さんではほしいものをじっくり見て、いろいろ買ってきた。

スケッチブックや、葉書サイズの画用紙や、色鉛筆やパネルやら。

ずっと雨だったけど、木皿さんの本（ゲラで手作りしたもの）を読んだり、ときどき目を上げて、霧にけぶる山を眺めながら電車に揺られるのは、心落ち着く時間だった。

私は本当にいいところに越してきたなあ、と思いながら山を見ていた。

帰りに「MORIS」に寄ったら、中国茶の教室だった。

ヒロミさんの隣に座り、本のサインを少しして、とても珍しいお茶の一煎目をいただい

ほうれん草炒め
ソーセージ炒め
揚げ玉入りいり豆腐

た。


「香りを、お聞きください」と先生がおっしゃった。

先生の立ち居振る舞いをぼんやり眺め、気配のようなのを私は聞いていた。

とくとくとくとく。

さらさらさらさら。

中国茶教室のときの「ＭＯＲＩＳ」は薄暗く、ほの明るく、小さな音までよく聞こえる。

夜ごはんは、ほうれん草炒め、ソーセージ炒め、揚げ玉入りいり豆腐、お弁当箱の冷やご飯、蕪の味噌汁。

食べながら、ご飯の冷たいのがお腹に入るのが分かった。

お腹の調子もあまりよくないみたい。

雨の外出で、冷えたのかな。

薬屋さんで温泉の素を買ってきたから、お風呂でよく温まり、今夜は早めにベッドに入ろう。

お風呂から出たら、窓の外が真っ白。

ふかぶかとした霧の中にもぐったよう。

夜中にふとカーテンをめくると、霧は下の道路まで押しよせ、猫森の枝先だけが、外灯の明かりで白く光っていた。

二月十一日(日) 晴れ

七時十五分にカーテンを開けた。
ぽっかりと丸い、橙色の太陽。
そのまま布団をかぶり、眠ってしまった。
太陽を浴びながら。
ひなたぼっこをしているみたいに。
柱時計が九回鳴って起きた。
今朝は「プチ・ブレ」さんのおいしいパンを焼いて、食べよう。
来週の火曜日から東京に行くので、なんとなく支度をしたり、日記を書いたり。
さて、そろそろ『帰ってきた日々ごはん④』の校正をはじめようかな。
今日はストーブをつけなくても暖かい、と思って窓を開けたら、それでもまだ暖かい。
さやさやと風。
海も穏やかに光る、春のような日だ。
「かもめ食堂」のりっちゃんからメールが届いた。

カレーライス
ゆで卵とトマトと人参のサラダ

木皿さんとのトークイベントで東京へ行くことについての最後に、「気をつけて帰ってきて下さいね」と書いてあった。

そのひとことが、なんだかとても嬉しかった。

「行ってきて」ではなく、「帰ってきて」。

そうか、私は神戸の住人で、神戸にまた帰ってこられるのか。

『帰ってきた日々ごはん④』の校正は、五時半まで二階の机でやった。

ときどき青い海を眺めながら。

夜ごはんは、カレーライス（ミニちゃんのおいしいらっきょう添え）、ゆで卵とトマトと人参のサラダ（玉ねぎドレッシング）。

二月十二日（月）
晴れのちお天気雪

今朝も朝ごはんに、「プチ・ブレ」さんのパンを焼いて食べた。

皮がパリッとした方の食パン。

おいしいなあ。

朝からずっといいお天気で、けっこう暖かかったのだけど、寒い、寒い、と思って窓を

春巻き
天かす入りいり豆腐
白菜とソーセージのスープ煮

見たら、雪。

お天気雪だ。

風に舞い、上からも下からも降っているように見える。

今朝は明け方に、体の中で仄《ほの》めく光のようなものがあった。

ほんのり温かい、クリーム色の小さな光。

起きてからもその感触が残っていた。

それで朝から、絵本のお話の推敲をずっとやっていた。

これは、ずいぶん前に書いておいた猫の話。

ひさしぶりに読み返すと、どこが悪かったのかよく分かる。

ひと通りできあがり、声を出して読み終わったちょうどそのとき、かかっていたシャンソンと相まって、物語が窓から飛んでいくような感じになった。

「ムーラン・ルージュの唄」。ラストにぴったりの曲だ。

ケンカの強いキズだらけの猫が出てくるこの話は、大衆活劇のようでもある。

さあ、そろそろ東京行きの荷物を支度して、『帰ってきた 日々ごはん④』の初校の続きをやろう。

夜ごはんは、春巻き（この間作っておいた、白菜とひき肉の中華風煮込みに、しろ菜を加えて水溶き片栗粉でまとめ、具にした）、天かす入りいり豆腐（いつぞやの残り）、白菜とソーセージのスープ煮（お昼ごはんの残り）、しろ菜のおひたし（ちりめんじゃこ、ごま油、ポン酢醤油）、生姜の佃煮、ご飯（せいろで温めた）。

夜ごはんを食べ終わったころ、つよしさんから銅版画の絵が何枚か送られてきた。

す、すごい！

二月十七日（土）晴れ

風はあるけど、春のように暖かい。

東京から、おとついの夜遅くに帰ってきた。

パソコンを持っていったのに、楽しいことがいろいろあり過ぎて、日記がまったく書けなかった。

きのうは一日、寝たり起きたり。

ベッドの中で小野さんにいただいた本や、絵本を読んだり。

大豆をゆで、ゆで汁に玉ねぎやじゃが芋、ソーセージを加え、スープを作って食べた。

木皿さんとのトークも、楽しくてあっという間だった。

川原さんもリーダーも、シミズタもケイスケも、サンも、「ニチニチ」の星野君も、「まめ蔵」の前でばったり合ったマスターも、みんなみんな、元気そうだった。

最後の日は、東京も春のように暖かかったけれど、帰ってきたら神戸も負けないくらいに春だった。

今朝は八時半に起きた。

美容院、図書館へ。

通りを歩いていると、実際には匂いがしないのだけど、花の香りがするような、しっとりと汗ばむような、そんな日だ。

帰り道、「MORIS」のベランダに亜衣ちゃんの娘さんがちらりと見えたので、たまらなくなって会いにゆく。

亜衣ちゃんは窓を開けた「MORIS」の台所で、ひとり料理をこしらえていた。

ゆるやかな空気の中に、スパイスやお肉のいい匂いが漂っていた。目には、色濃い緑の野菜。

亜衣ちゃんの藍色の大きなエプロンの後ろに、娘さんがまとわりついたり、離れたり、隠れたりしているのが愛らしく、なんだか羨ましいような気持ちになった。

お母さんというのは、娘と一緒にそこに立っているだけで、動いているだけで、笑っているだけで、艶《つや》っぽい。

蕪と鶏肉のこっくり煮
菜の花のおひたし
マグロの中落ち丼

今日は、大阪の図書館で中野さんのイベントがあり、終わってからいらっしゃる予定なのだけど、まだみたい。

待ちきれず、海が青いうちにひとりビールを呑みはじめる。

今夜のメニューは、蕪と鶏肉のこっくり煮、菜の花のおひたし（辛子みそマヨネーズ）、マグロの中落ち丼（黄身醤油、梅たたき、大葉、ねぎ）の予定。

二月十九日（月）曇り

うすら寒い。

朝から、自分の展覧会のことばかりやっていた。

垂れ幕の続きの絵を描いたり、チョコレートの小箱に絵を描いたり。

描いていると、絵の脳みそになるのか、他のことが何もできなくなる。

きのうは中野さんをお見送りがてら、新開地で軽く呑んだ。

楽しいと時計の針がなかなか動かず、時間が止まったような感じになるときもあるのに、きのうはなぜだか針が速く（普通に）動いていた。

でも、電車の時刻までの、最後の二十分が長かった。

どういう具合でそうなるのだろう。

そのあとで私は、岡本の絵本屋さんに行ったのだけど、お休みだった。

それで、住吉《すみよし》にある大きい図書館に行こうと思い、間違えて阪急電車に乗ってしまい、御影《みかげ》で降りた（そこが図書館のある住吉駅だと思っていた）。

ああ、ここは違う駅だと気づき（住吉はJR線）、地図を見たら意外と近くだったので、タクシーで図書館に向かった。

閉館まで三十分しかなかったのだけど、どうしても絵本を借りて帰りたかった。

大急ぎで五冊ばかりみつくろい、借りる手続きを終えてから、ふと左を見たら、返却台の棚に気になる絵本が置いてあった。

『あさがくるまえに』

しばらく絵だけのページが続いたあとの、発せられる言葉がとてもいい。

力ある言葉。

それが絵の力によって、さらに響いている。

見開きページにたった一行、ひとことずつこう続く。

ふかい闇につつまれて

蕪と鶏と大豆の味噌スープ
大根葉のじゃこ炒め

ねむっているあいだに
まいあがるものと、まいおちるもので
空がいっぱいになりますように。

そこまで読んで、借りてきた。

私はこの絵本に出会うために、岡本の絵本屋さんに行くことができず、御影駅で間違えて降り、タクシーでここまできたのかもしれない、と思った。

今日はソーセージを作って、干した。

水曜日に東京からお客さんがいらっしゃるので。

『きょうの料理』のディレクター矢内さんと、編集者の鷲尾さん、関西のディレクターさん。

なんとなく頭がぼんやりするから、今夜は早めにお風呂に入って、また『あさがくるまえに』を読んで寝よう。

夜ごはんは、蕪と鶏と大豆の味噌スープ（蕪と鶏のこっくり煮の残りで）、大根葉のじやこ炒め、キムチ、ご飯。

二月二十日（火）晴れ

起きてすぐ、きのうの絵の続き。

絵というのは、時間がたつと変わるのか。自分の目が変わるのか。

だからつい、続きを描きたくなる。

午後からは二階の机で『帰ってきた日々ごはん④』の校正をしながら、アルバムページについてのアイデアを頭の中で練っていた。

ピンポンが鳴った。

管理人さんだ。

「高山さん、今日は洗濯をされますか？」

「はい、今しているところです」

「屋上に干されますか？」

「いいえ」

「ああ、それならよかった。今日は私、お昼過ぎに急に帰ることになりました。屋上の鍵もかけてしまうので、高山さん、洗濯もんが干せんようになるなあと思いまして」

廊下の消火栓にSカンをひっかけ、ソーセージを干しているのを注意されるのかと思ってドキドキしていたら、そうではなかった。

私が「こんなものを作ってしまって……」とソーセージのことを言うと、「高山さんは器用ですね。いいですねえ、何でも作れるんですねえと、きのうも管理会社の者と話しとったんですよ」と言われた。

校正を十月分まで終え、洗濯物をたたみながら夜ごはんの支度。

『帰ってきた 日々ごはん④』は、はじめての絵本を作っていたころの日記なので、とても濃い日々だ。

何年か前の日記だから、いつもだったら校正をしながら「そんなこともあったかな……」と、ちょっと他人ごとのように感じるのだけど、あのころのことは、どういうわけかすみずみまで鮮明に覚えている。

見た景色も、どんな気持ちになったかも、スイセイの表情も、生々しく覚えている。めったに起こらないことばかり立て続けに起こったから、凝縮された濃いものが体に刻み込まれているのかもしれない。

不思議だなあ。

今日は、春のように暖かい一日だった。

夜ごはんは、大豆のトマト煮（いつぞやのスープの大豆だけ残しておいて、トマトペーストを加えた）、ほうれん草とじゃこのペンネ（ペンネと一緒にじゃが芋をゆでて加えた）。たっぷりのオリーブオイルでにんにくとじゃこを炒め、ほうれん草を加えて、ゆで上げたペンネとじゃが芋をからめた。

パスタにじゃが芋を加えるのは、今日子ちゃんの真似。

二月二十二日（木）快晴

七時過ぎに起きた。

矢内さんが、八時半の電車に乗らないとならないので。

朝陽はもう昇っていたけれど、海がオレンジ金色に光っていた。

矢内さんを起こしたら、二階の窓に張りついて、しばらく外を眺めてらした。

一階に下りてからも、矢内さんは何度も窓辺に立っていた。

きのうは打ち合わせのあと、六甲駅までてくてく歩いて関西のディレクターさんをお見送りし、また戻ってきて、蒼くなりはじめた空と海を眺めながら、矢内さん、鷲尾さんと三人で乾杯した。

東京で十年以上もお世話になっていたおふたりに、ようやく六甲の家へ来てもらえたことが、私はとても嬉しかった。

八時くらいにタクシーを呼んで、鷲尾さんは新幹線で東京へ帰った。

翌朝（今日のこと）大阪で打ち合わせがある矢内さんと、そのあともワインをゆっくり呑み、たくさんお喋りし、矢内さんは泊まった。

酔っぱらって、ふたりで『あさがくるまえに』を朗読したのだけど、ゆうべ矢内さんの夢に、絵本の中の白鳥が出てきたのだそう。

頭の上をばさばさばさばさと、通り過ぎていったのだそう。

朝ごはんを窓辺で食べ、タクシーのお見送り。

私はそのあとすぐに、『帰ってきた 日々ごはん④』の校正の続きを洗濯機をまわしながらやって、屋上にシーツとバスタオルを干しにいった。

背中を伸ばし、深呼吸。

裏の山々はもう、冬とは確実に違う。

なんとなく、薄茶に桃色が溶けている。

校正は三時には終わり、そのままの勢いで封筒を開いた大きな紙に、アルバムページに載せたい写真をどんどん切り貼りし、言葉をつけていった。

これはスイセイから出ている宿題。

豚の焼き肉
白菜と蕪の葉炒め
味噌汁（大豆、蕪の葉）

夢中でやって、ようやくできたところで柱時計が六回鳴った。

この部屋は、こういう作業をするのにとても向いている。

絵の具が床についても、あとで拭けばすぐきれいになるし、大きな紙を何枚も広げたまま夢中になっていても大丈夫。

この間も、展覧会の垂れ幕を描いているときに、つくづくそう思った。

私は絵本の物語や、文章を書くためにここへ越してきたつもりになっていたけれど、絵を描くためでもあったのかもしれないと、このごろは思う。

うちには紙も画材も自由に使わせてもらえるのがいくらでもあるし、中野さんの魔法のクレヨン（外側に絵の具がびっしりついているので、描いてみるまで何色か分からない）もある。

夜ごはんは、豚の焼き肉（豚バラ肉の薄切りを、脂を出して紙で拭きながら焼き、焼き肉のタレでからめた）、白菜と蕪の葉炒め、キムチ、味噌汁（大豆、蕪の葉）、ご飯。

食後に、関西のディレクターさんにいただいたいろんな柑橘の皮をむいて、房からはずしたのをタッパーに入れながらつまんだ。

お風呂から上がったら、さすがにぐったり、くたびれた。

今日は朝からがんばったもの。

夜、『あさがくるまえに』をアマゾンに注文した。

二月二十四日（土）
曇りのち快晴

六時半に起きた。
カーテンを開けたら、昇ったばかりの太陽がコロンと丸く雲に透けていた。
雲に覆われているので、ちっとも眩しくなく見ることができる。
いつの間にやら陽の出の時刻が早くなり、昇る場所もずいぶん変わってきた。
もう少ししたら、隣の建物に隠れて見えなくなってしまう。
朝風呂から上がって身支度をしていたら、聞き慣れない小鳥の声がする。
双眼鏡でのぞいてみた。
でも、よく分からない。
ヒヨドリのような気もする。
ヒヨドリは、他の鳥のさえずりを真似することがあるそうだから。
猫森の枯れ枝のてっぺんにとまっている。
ふと、後ろに見える遠くの海の、金色に光っているところを見た。

朝の早い時間は太陽が低いから、海もそこだけ金色。

そしたら、雲に隠れている太陽から海に向かって、金の粉がちらちらと降っていた。

肉眼では見えず、双眼鏡でしか見えない光。

え？　これは何？

明日もまた、このくらいの時間に、双眼鏡で調べてみよう。

月曜日は、絵の飾りつけのため東京に行く。

なので、今日はその支度をみっちりやったら、ぼちぼち旅の荷物をまとめよう。

東京にいる間は、また居心地のいい川原さんの家に泊めてもらえる。

吉祥寺に住んでいたころには、あんなにちょくちょく遊びにいっていたのに、いちども泊まったことがなかった。

お風呂に入らせてもらったことすらなかった。

いよいよ古本屋「百年」のギャラリー「一日」で、『たべもの九十九』原画展がはじまります。

川原さんが飾りつけを手伝ってくれるので、とても心強いけれど、絵の展覧会なんて何もかもがはじめてで、どきどきしている。

なんか、発表会みたい。

展覧会は二月二十八日から三月十八日まで開いているので、よろしかったらのぞきにいらしてください。

夜ごはんは、「ぺろっこらーめん」（白菜、人参、ほうれん草）。

＊2月のおまけレシピ

辛子みそマヨネーズ

卵黄1個　練り辛子小さじ1弱　塩ひとつまみ　味噌（クセのないもの）大さじ1と½　サラダオイル180ml　酢大さじ1
ごま油小さじ1（作りやすい分量）

マヨネーズは意外と簡単に手作りできます。分離しないように作るコツは、卵黄にサラダオイルを加えるとき、充分にぽってりとさせてから酢を入れること。それでも「どうしても、うまくいかないんです」という声を聞くことがあります。ところが、味噌を加えると魔法のように安定し、分離しないのです。卵黄、油、酢という性質の違う3つの橋渡しをしてくれるのかもしれません。私がシェフをしていた「クウクウ」でも、誰でも失敗なくできました。大切なのはボウルや泡立器の水分をよく拭き取ってからはじめること、自信を持って混ぜること、このふたつです。

辛子みそマヨネーズはどんな野菜にも合いますが、色よくゆでた菜の花とマグロの中落ちを盛り合わせた小鉢が、「クウクウ」のおすすめメニューとして人気でした。蒸した根菜類や、生の蕪、大根にもよく合います。


ボウルに卵黄を入れ、味噌、練り辛子、塩を加えます。泡立器をボウルにそっと打ちつけるようにしながら味噌と辛子を合わせ、卵黄に混ぜ込んでいくと、自然になめらかになります。

サラダオイルの半量を少しずつ加え、加えるごとに完全に混ぜ合わせます。

ぽってりと硬くなったらもう安心。酢を一度に加えてゆるめ、残りのサラダオイルを少しずつ加えて混ぜます。

香りづけのごま油を加え混ぜ、なめらかになったらできあがりです。
※味噌は冷蔵庫から早めに出しておくと、混ざりやすいです。

2018年3月

ラジオからアラビアの音楽が流れている。

三月六日（火）晴れ

今日は海が真っ青。

ラジオからアラビアの音楽が流れている。

それがぴったりな、青。

このところ、ずっと日記が書けなかった。

この一週間あまりに楽しく、めまぐるしくて。

東京へ行ったのは、二月二十六日から三月一日まで。

その間、川原さんの家に泊めてもらい、また今回も楽しいことがいっぱいあった。

シミズタとケイスケのお店「ミロ」のオープニングに行って、たくさんの人に会い、呑んだり食べたり。

「一日」の展覧会にも、いろいろな方が見にきてくださった。

絵を見にきてもらえることが、こんなに嬉しいことだとは思わなかった。

そしてまた、買っていただけるなんて！

それはとんでもなく嬉しく、はずかしく、ありがたくてたまらず、申しわけないような気持ち。

はじめて売れた一枚目の絵を買ってくださった女の子に、私は自分の持っているものを何でもあげたくなった。

神戸に帰ってまもなく、大阪でトークイベントがあり、その日は中野さんも大阪で別のイベントがあったので、終わってから合流した。

それが三日だったかな。

中野さんはきのうまでうちに泊まり、私は午前中に新聞のインタビューを受け、お昼過ぎにお見送りがてら六甲駅に降り、買い物をして帰ってきた。

泊まっている間、中野さんは去年の夏に描いていた自作絵本のための大きな絵を一枚一枚広げ、眺めてらした。

私は私で、つよしさんとやっている絵本のテキストのことを、東京にいる間もずっと考えていたから、早く向かいたかった。

私が「上《のぼ》ってきています」と言うと、「僕もです」。

帰ったらすぐに向かい、だいたいできた。

ゆうべは早めに寝た。

ゆらゆらといろんな夢をみながら。

ああ、もうたっぷり眠ったな。もうお昼近いのかな……と思って起きたら、まだ八時半だった。

チャーハン
ちりめんほうれん草のおひたし
天かす入りいり豆腐

神戸のこの家は、疲れを癒す深くて強い力がある気がする。

布団と、洗濯物がいっぱいに干されている二階の部屋で、ゆうべ書き上げた絵本のテキストを読んだ。

まだ、もう少し直さないと。

ベッドに寝そべり、声を出して読んでみる。

パソコンに向かい、直す。

そのくり返し。

お昼を食べてまた向かう。

四時ごろにできあがり、つよしさん宛の封書を作った。

坂のとちゅうにポストがあるので、そこまで下って、また上ろうと思っていたら……坂の上のところで郵便配達のお兄さんに出会い、「お預かりしていきましょか？」と声をかけられた。

お兄さんは私の絵本のテキストを、ベルトについた黒い小さなカバンに収めていた。

なんだか、ムーミン谷の郵便配達夫みたいだった。

というわけで、今日からようやく、いつもの暮らしに戻る。

夜ごはんは、チャーハン（いつぞやの大豆と大根のグラタンの残りに、ちりめんじゃこ、蕪、大葉を加え、冷やご飯と炒めた)、ちりめんほうれん草のおひたし(白ごま)、天かす入りいり豆腐(絹さや、卵。ゆうべの残り)の予定。

三月七日(水)
晴れのち曇り

九時に起きた。

大大寝坊。

ゆうべは八時にはベッドに入ったから、十三時間も眠ったことになる。

ゆらゆらと、うすーく寝ていた感じがする。

夢もみたんだか、みなかったんだか。

最近は、朝陽を見ていない。

今日は『たべもの九十九』の発売日。

自分が書いたことを忘れ、はじめて読む人になったつもりで読んでみたら、なんだかこの本は短編集みたいだなと感じた。

小説とまではいかないけれど、短い物語の集まり。

私の人生で起こったことを、この目で見、この体で感じたのは確かなのだけど、何度も思い出し反芻しているうちに、〝お話〟というようなものになった。

著者が語り部となって書いているような物語。

その物語には、食べ物にまつわることが必ず登場する。

食べ物というより、食べること。

食べ物のことをひとつつまんで書きはじめたら、ずるずるーっと、いろんな玉がくっついてきて、自然とそうなったのだけど、食べる=生きるだから、なんだかこれまで生きてきた道のりを、書きながらふり返るようなことになった。

そんな感じだ。

今日は、あちこち埃が気になるので、ていねいに掃除した。

ゆっくりゆっくり動いて、たまっていた雑誌や紙の束も整理した。

しょっちゅう手をとめ、海を眺めながらやった。

なんだかようやく、いつもの暮らしに戻ったみたい。

日曜日からまた東京だから、ぼちぼち支度をしながら、たっぷりと休んでおこう。

夕方、ミルクティーをいれてベッドに腰かけ、海を眺めた。

今日の海は空との境がない。

ひろびろと、茫漠と。

ひじき煮
蕪と蕪の葉の鍋蒸し煮
ひとり鍋

やっぱりここは、最高だ。

明日はちゃんと起きて、陽の出を見たい。

「気ぬけごはん」も明日から書く予定。

夜ごはんは、ひじき煮（油揚げ、干し椎茸。だしは干し椎茸のもどし汁しか使わなかったのだけど、だしをとったあとの昆布が冷凍してあったので、ひじきと同じくらいに細く切って加えてみたら、切り昆布煮のようになってとてもおいしかった）、蕪と蕪の葉の鍋蒸し煮、ひとり鍋（しゃぶしゃぶ用豚肩肉、豆腐、えのき、ポン酢醤油、七味唐辛子）、ご飯。

三月八日（木）
曇りのち雨

七時前に起きたのだけど、朝陽はもう昇ったあとのようだった。

太陽はどこにあるんだろう。

雲に隠れていて分からない。

ちょっと肌寒い。

近ごろは、朝ごはんにヨーグルトを食べるのが気に入っている。

油揚げのカリカリ焼き
手作りマントゥー
肉みそ

「MORIS」で買った、とっておきのガラスの器に盛って。

今朝はブンタンの上に、クリームみたいにヨーグルトをのせた。

あとはバタートーストだけ。

朝風呂に入って、お湯を抜きながら、湯船の中で東京へ着ていく薄手のセーターを洗った。

十一日の東京行きまでに私のやることとは、「気ぬけごはん」。

図書館に本を返しにいくこと。

冬物をクリーニングに出しにいくこと。

この間取材していただいた、新聞の記事を確認すること。

あとは、何があるだろう。

えーと。

まだまだ、時間はたっぷりある。

夜ごはんは、今日子ちゃんとヒロミさんをお迎えし、三人で。

ほうれん草のおひたし（いりごま、ごま油）、蕪と蕪の葉の鍋蒸し煮（きのうの）、おにぎり（お昼ごはんの残りひとつを三等分し、ひじき煮をのせ、海苔で巻いた）、油揚げのカリカリ焼き（かぼすこしょう）、蕪の葉をゆでたの（マヨネーズ、かぼすこしょう）、手作りマントゥー、肉みそ（にんにくと豚ひき肉をごま油で炒め、酒、きび砂糖、麹たっぷり甘めの味噌、普通の味噌を加えて炒りつけ、仕上げにミニトマト）、じゃこ入り卵焼き&焼き肉（玉ねぎ）&豆苗炒め（今日子ちゃん作）。

三月九日（金）曇り

ゆうべはたいへんな風だった。

何もかもを吹き飛ばしてしまいそうな、大きな大きな風。

ときどき、ヒュルルルルーーと笛のような甲高い音もしていた。

吹き荒れる風の音を聞きながら、ベッドの中はぬくぬくと温かい。

風の夜はよく眠れる。

朝になってもまだ吹いていて、でも、八時を過ぎたころにちゃんと止んだ。

このあたりは夜に風が吹くことが多い。

六甲おろしとはいうけれど、昼間の風は吹いてもたかが知れている。それが不思議。

きのうは、「気ぬけごはん」をひと通り書いて、雨の中図書館へ本を返しにいき、買い物をして、「ＭＯＲＩＳ」に寄った。

今日子ちゃんにマントゥーを教えてほしいとお願いされていたので、もしかして、今日

ケチャップ・チキンどんぶり
ちぢみほうれん草炒め
ひじき煮

やるのはどうだろうと思い、お誘いしてみた。

今日子ちゃんの顔がパッと輝いた。

ヒロミさんも嬉しそうだった。

本当に嬉しいとき、今日子ちゃんは両手で指パッチンをしながら歩いてまわるみたい。

ふたりにはいつもお世話になりっぱなしだから、喜んでいただけて私も嬉しかった。

それで、三人でタクシーに乗り、帰り着いてすぐに今日子ちゃんと生地を練りはじめ、はさむ具も作った。

ヒロミさんにいただいた日本酒をちびちび呑みながら、なんとなく「バー高山」みたいになって、冷蔵庫にあるものをちょこちょこお出ししながら、発酵を待った。

マントゥーはほんのり甘く、ほわほわで、とてもおいしくできた。

おふたりが帰ってから、すぐにお風呂に入って温まり、バタンと寝た。

そんな日だった。

雨はずっと降り続いていたけど、思いがけず楽しい夜だったな。

今日も今日とて、「気ぬけごはん」の続き。

朝、母からのを皮切りに、たくさん電話がかかってきて大忙しだった。

夜ごはんは、「気ぬけごはん」の試作のケチャップ・チキンどんぶり（中野さんから教わったレシピ。ご飯の上に白菜の細切りをしいた)、ちぢみほうれん草炒め、ひじき煮、いぶりがっこ。

三月十日(土)快晴

七時十五分に起きた。
太陽はとっくに昇っていた。
朝ごはんを食べてすぐ、「気ぬけごはん」の続き。
お昼過ぎにはほとんど書けた。
東京に行く前にやっておきたかったから、これでひと安心。
ゴミを出しにいったり、荷物をまとめたり、のんびりと支度する。
掃除機をかけ、これから雑巾がけをするところ。
今日は海が真っ青だから、あとでビールを呑もうかな。
そういえばさっき、ゴミを出すときに廊下の窓越しに小鳥が見えた。
お腹がオレンジ色の、ぷっくりとした可愛らしいのはヤマガラ。
黒と白の横縞の、はじめて見る小鳥もいる。
頭の羽がぽしゃぽしゃとした、わりと細身の小鳥。

春巻き（冷凍しておいたもの）
白菜の塩もみ
チゲ風スープ

あとでネットで調べてみたら、コゲラだった。

キツツキの仲間だそう。

ヤマガラかと思っていた小鳥は、もしかするとジョウビタキかもしれない。さえずりが似ていた。

海を眺めながら台所に立ってビールを呑んでいたら、つよしさんに電話したくなった。

絵本のことを、ぽつりぽつりとお喋り。

つよしさんはたくさん話したいことがあったみたいで、いっぱいお喋りしてはった。

電話してよかったな。

夜ごはんは、春巻き（いつぞやに作って冷凍しておいたもの）、白菜の塩もみ（かぼすこしょう）、チゲ風スープ（いつぞやのひとり鍋の残りにコチュジャンとキムチ、えのき）、納豆（卵白を加えてふわふわに泡立てた）、ご飯。

さあ、明日からまた東京だ。

今夜は早めにベッドに入って、絵本を読もう。

三月十九日（月）曇り

今朝は曇り。

海も空も白く、境がない。

天気予報では雨だと言っていたから、よかった。

今日は加藤休ミちゃんと筒井君がいらっしゃるので。

先週は、中野さんと一緒に東京と、鎌倉の小野さんの家へ。

とてもとても、楽しい旅だった。

中野さんはうちにあと三泊して、筒井君のところへ打ち合わせに出かけたり、その次の次の日には、私がつよしさんと打ち合わせをしたり。

神戸に帰ってきてからも、まだ旅をしているようだった。

東京でのこと、鎌倉でのことは、こんど落ち着いたらゆっくり書こう。

パソコンを持っていっても、最近は日記がまったく書けないので。

朝起きて、今日のメニューを紙に書き、台所の壁に貼った。

今日は「かっぽう高山」。

献立は、ウフ・ア・ラ・マヨネーズ（ゆで卵の手作りマヨネーズのせ）、白和え二種（ひじき煮&絹さや、白みそ）、ゆでたて大豆（辛子醤油&塩とごま油）、京都の菜花のおひたし（辛子みそマヨネーズ）、蕪と蕪の葉のこっくり炊き、自家製ソーセージ&じゃが芋のガレット、大豆の炊き込みご飯&韓国風肉みそ（海苔で巻いて食べる）。

飲み物は「キリン一番搾り」、白ワイン、スプリッツァー（白ワインの炭酸割り）、「飛騨のどぶ（にごり酒）」、「亀泉（高知の日本酒）」、「ダバダ（土佐の焼酎）」、ジャスミンティー、六甲のおいしい水（うちの水道は井戸水なので）、デザートは苺アイス。

中野さんはきのうの朝、実家に帰った。

なのでお客さんはふたりだけ。

休ミちゃんは、クレヨン画の絵本作家。

はじめてうちにいらっしゃる。

絵、いっしょに描いてみたいな。

楽しみだな。

三月二十日（火）
小雨が降ったり止んだり

ずっと寝ていた。

お風呂にも入らず、パジャマも着替えずに、ずーっとベッドの人。

『たべもの九十九』を読んで、眠くなるとパタンと本を伏せて。

なんだか、今と昔と夢の中を、ゆわゆわと旅しているみたいだった。

きのうはとても楽しかった。

休ミちゃんはお酒を呑んだら絵を描かないから、一緒には描けなかったけれど。

台所で私が料理を作っては出し、三人で食べた。

休ミちゃんからリクエストがあったので、マヨネーズも一緒に作ってみた。

自家製ソーセージをゆでて焼くのも、筒井君に教えながら、とちゅうからやってもらった。

お土産に一本包んだのを、留守番をしているミニちゃんに焼いてあげられるように。

日本酒の酔い方がやさしく、お腹に、心に、温かく染み渡るようだった。

近ごろ私は「ザ・ブルーハーツ」にはまっているので、会の最後にユーチューブをかけた。

♪リンダリンダ〜のところで、筒井君と休ミちゃんが条件反射のように踊り出した。

筒井君、ジャンプしてはった。

本物のロッカーみたいに高く跳ねるのだけど、静かに着地する。

何度も跳んでいて、高校生みたいで可愛らしかった。

あっという間に時間がたってしまい、大豆の炊き込みご飯もデザートも出せなかったけど、七時半くらいにお開きになる前に、三人で『あさがくるまえに』を読んだのも、なん

ひき肉と白菜のあんかけ丼
ひたし大豆

かよかった。

私たちは絵本を作る仲間だから。

夜ごはんは、ミニちゃんにいただいた梅干しでお粥にしようと思っていたのだけど、けっきょくご飯を炊いた。

ひき肉と白菜のあんかけ丼（トリガラスープの素、柚子こしょう、みりん、きび砂糖、薄口醤油）、ひたし大豆。

残ったご飯をお弁当箱に詰め、ミニちゃんの梅干しをのせた。

明日のお昼のお楽しみだ。

三月二十一日（水）
曇り時々小雨

ぐっすり眠って、七時前に起きた。

肌寒いけれど、空気がピンとして気持ちいい。

朝から、沖縄へ行く支度をしていた。

神戸空港までの電車の時間を調べたり、旅のメンバーにメールをお送りしたり。

お昼ごはんを食べ、原稿書き。

二階の寝室にヒーターを入れ、暖かくしてやった。

書きかけの原稿が、すーっとできた。

続いて、もう一本も書く。

また、すーっとできた。

書きたいことをメモしておいたら、ほとんどそのまま文章になった。

はじめに出てきた言葉が、いちばん勢いがあるので。

今の私には、一〇〇〇文字くらいの文字量がちょうどいいみたい。

シミズタから「店でソーセージを作った」と、写真つきのメールが届いた。

今日は、東京は雪なのだそう。

こちらは風が強く、雲が流れ、青空が見えてきた。

「一日」での展覧会がぶじに終わり、残った絵などがダンボール箱で送られてきた。

とてもていねいに梱包してくださってあり、感激した。

掃除機をかけてから箱を開け、ポスト（展覧会場に、感想を入れるための赤い箱を置いておいた）の手紙を床の上に全部出し、読んだ。

絵だけの手紙もある。

子どもが描いたのも、大人が描いたのもある。

卵うどん
生姜の佃煮のおにぎり
蒸し白菜

生の言葉、筆跡。じーんとする。

芳名帳も、最後の見開きページには、三段重ねで名前がぎっしり並んでいた。

懐かしい人たちの名前。

牧野さんや郁子ちゃん、立花君とカクちゃんも来てくださったんだな。

夕方になって、リーダーからメールが届いた。

今「ミロ」に来ていて、これからソーセージを頼むのだそう。

しばらくして、ソーセージの写真が送られてきた。

丸々一本の荒々しいソーセージ。

ザワークラウトとマッシュポテト添え。

なんて、おいしそうな！

ザワークラウトは、波照間島の良美ちゃんから送られてきた六個のキャベツで作ったとのこと。

メールの返事を書き、灯りがつきはじめた夕暮れの海と空の写真を撮って送った。

なんだか、神戸、東京、沖縄が近くにあるような夜。

夜ごはんは、卵うどん（半玉分）、生姜の佃煮のおにぎり（冷蔵庫にあったのをせいろでほかほかに蒸した）、蒸し白菜（おにぎりの隣で蒸した。ポン酢醤油、なたね油をたらり、七味唐辛子。これはおいしい！）。

三月二十五日（日）晴れ

朝の七時にりうから電話。

陣痛らしきものがあったので、これから病院に行ってくるとのこと。

こういうとき、子を産んだことのない私は、どぎまぎしてしまう。

「みい、朝早くにごめんね。ありがとう」なんて、りうの方から言われてしまう。

こちらこそ、知らせてもらえるだけで、ありがたいのに。

私は、「うん、行っておいで。ふんばってね」としか言えなかった。

りうの声はいつもと変わらずに太く、はっきりとして、落ち着いていた。

スイセイにも電話をして伝えたら、「ぼちぼち向かおうかのう」と言っていたそう。

立ち会うために、ジープで病院へ向かうらしい。

このところずっと、そろそろだなと気になっていて、神社ではりうのことだけお祈りしていた。

がんばれー、りう！

今日は暖かく、とてもよく晴れているのに、空も海も白い。

街は、靄《もや》がかかったようにけぶっている。

春霞だろうか。

私はあさってから沖縄に行くので、荷物をまとめたり、あちこち掃除をしながら冬の絨毯を夏向きのマットに替えたり。

沖縄は、根本きこちゃんのところに遊びにいく。

旅のメンバーは、赤澤さん、川原さん、翔《しょう》（姪のナッちゃんの、小六の息子）。

翔は東京に住んでいるので、川原さんと赤澤さんが飛行機で連れてきてくれる。

私は神戸空港からひとりで飛び、那覇空港で待ち合わせ。

そして、私が沖縄を旅している間、中野さんもうちでひとり合宿をし、新作絵本の絵を描かれる。

去年の八月、私がポルトガルに行っていたときに描いていたものに、改めてもういちど向かい合うのだそう。

だから今、うちには絵の具がたくさんある。

紙もある。

おとつい、中野さんが大阪の画材屋さんで買っててらした。

きのうはお見送りがてら、夙川《しゅくがわ》へ行った。

六甲の坂を下りるときには、桜は一輪か二輪咲いていているだけだったのに、阪急電鉄沿線の桜も、夙川の桜も、ずいぶん開いていた。

川沿いをゆっくり歩いて桜見物し、ビールを軽く呑んで、おいしいお蕎麦を食べた。

私は沖縄へ、中野さんは絵へと旅に出る前の、ささやかなお祝い。

軽く買い物し、坂を上って帰りつき、夜ごはんを支度してひとりで食べた。

真っ暗になる前の、蒼い空のひととき。

食後に食べた桜餅のおいしかったこと。

りうは、今ごろどうしているかな。

寄せては返す陣痛の波を、やりすごしている最中かな。

今夜が正念場だろうか。

夜ごはんは、鯛のポルトガル風塩焼き（じゃが芋もち、ゆで卵、トマト、玉ねぎ添え。ワインビネガー、オリーブオイル）。

三月二十六日（月）　晴れ

六時前に目が覚めた。

カーテンを開け、昇りかけの朝陽を浴びた。

陽の出はもう、隣の建物に隠れて見えないけれど。

りうの赤ん坊は、きのうのお昼ごろにぶじ生まれた。

ゆうべ、写真つきのメールが届いた。

三〇三〇グラムのとてもきれいな男の子だ。

唇の形がお稚児さんみたい。

予定日より大幅に遅れたし、へその緒がとても長く、首に三重に巻きついていたそう。

メールには「なかなかの難産でした」なんて、なんでもないみたいに書いてあった。

でもきっと、ものすごく大変だったのだろうと思う。

りうは生まれたての赤ん坊の隣で、溌剌と元気そうに写っていた。

ああ、よかった。

本当に。

今朝もまた、空も海も街も白くけぶっている。

遠くの屋根がひとつだけ銀色に光っている。

あの真上に、太陽があるんだな。

十二時半から『きょうの料理』の打ち合わせなので、きのう作っておいたレシピをプリントしたり、資料を集めたり。

のんびりゆっくりやっていても、まだ時間がたっぷりある。

きのうのうちに炒めておいた玉ねぎの鍋にスープを加え、チキンカレーも作った。

下の桜は、どんなだろう。

ゆうべ、寝る前に読んでいた本がとてもいい。

若菜晃子さんの『街と山のあいだ』。

ひと晩に一話か二話、ゆっくりと読み進めたいような、とても静かな本。

山の中で雨に降られ、ずぶ濡れになりながら、ひとりきりで延々と歩く話が好きだった。

打ち合わせは三時前には終わり、鷲尾さんと、これからお世話になるディレクターさんと坂を下って、桜見物にいった。

とちゅうの神社で、りうについて感謝のお祈り。

川沿いの桜は八分咲き。

河原の石に腰かけ、缶ビールを一本と、パン屋さんで買ったおそうざいパンを食べながら、しばしお花見をした。

ディレクターさんは六甲駅へ、鷲尾さんとふたりで坂を上って帰ってきて、作っておいたカレーを食べ、鷲尾さんは八時前にタクシーで新神戸へ。

さあ、明日は早起きして、いよいよ沖縄へ出発だ。

チキンカレー
白菜と人参のサラダ
ひたし大豆

夜ごはんは、チキンカレー、白菜と人参のサラダ、ひたし大豆。

＊3月のおまけレシピ

ひき肉と白菜のあんかけ丼

豚ひき肉150g　白菜1/8個　トリガラスープの素　柚子こしょう
ご飯どんぶり2杯分　その他調味料（2人分）

柚子こしょうを使い切れなくて困っている方がいたら、このレシピをぜひ試してみてください。醤油と砂糖の甘じょっぱい味に柚子こしょう、これがなかなか好相性なのです。柚子こしょうの量はお好みですが、辛いのが苦手な方は小さじ1/2に、お好きな方は小さじ1くらい加えるとピリッとします。ここに豆腐1/2丁を加えると、やさしい色合の麻婆白菜豆腐にもなります。


白菜の軸の部分は2cm幅、葉を4cm幅のざく切りにします。

小さなボウルにトリガラスープの素小さじ1、酒、きび砂糖、醤油各大さじ1、柚子こしょう小さじ1/2〜1を入れ、1カップのぬるま湯を加えます。スプーンでよく溶かし混ぜておきましょう。

フライパンにサラダオイル大さじ1を強火で熱し、ひき肉を加えて木べらでほぐしながら炒めます。白っぽくなってきたら軽く塩、こしょうをし、脂が出て八分通りほぐれてきたら、白菜の軸を加えて炒め合わせます。

軸が透き通ってきたら葉も加え、全体がしんなりするまで炒めます。

合わせ調味料を加え、白菜がくたっとするまで煮てください。

水溶き片栗粉（片栗粉大さじ1を同量の水で溶く）を加えたら、とろりとするまでしばらく煮詰め、仕上げにごま油小さじ2を加え混ぜます。これで、香りと照りがつきます。

どんぶりやスープ皿に盛ったご飯の上にたっぷりとかけ、熱いうちにどうぞ。

1月

13日　夜ごはんのお好み焼き（キャベツ、豚肉）。

10日
夜ごはん。
大豆のトマト煮入り
チャーハン。

22日　「鉄道芸術祭」搬出の日、記念に写真を撮った。ポルトガル料理の蝋細工、私の作文など。

25日
『たべもの九十九』の
裏表紙に使われた、
アリヤマ君からの
宿題の絵。

2月

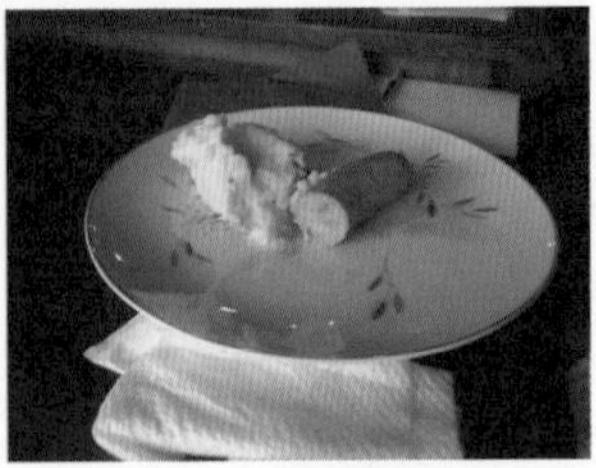

6日　「MORIS」で料理教室。
ソーセージ＆マッシュポテト。

4日
料理教室のために
ソーセージを風干し中。

3月

2日　東京・吉祥寺の「一日」にて。
編集者の小出さん、川原さんと
『たべもの九十九』展の飾りつけ。
※川原真由美さん撮影

8日
今日子ちゃんの
苺のケーキを
ごちそうになった。
「MORIS」にて
ヒロミさんと。
※森脇今日子さん撮影

4日

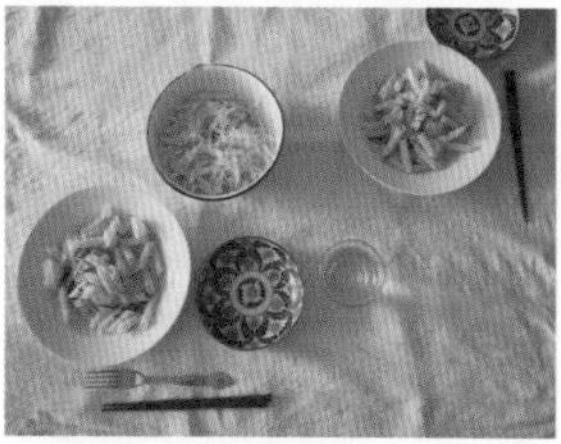

15日　昼ごはん。じゃが芋とじゃこ入りペンネ（にんにく、大葉）、白菜サラダ。

9日　夜ごはん。
ケチャップチキンどんぶり（「気ぬけごはん」の試作）。

17日　自家製パンのハンバーガー。
つよしさん、中野さんと。

19日
絵本編集者の筒井大介君。
加藤休ミちゃんを連れてきてくださった。

21日
夕暮れの写真を撮り、
「ミロ」にいるリーダーに送った。

22日
夜ごはん。
イカナゴの釜揚げご飯（大葉、海苔、大根おろし、ポン酢醤油）、
厚揚げと絹さやの煮物など。

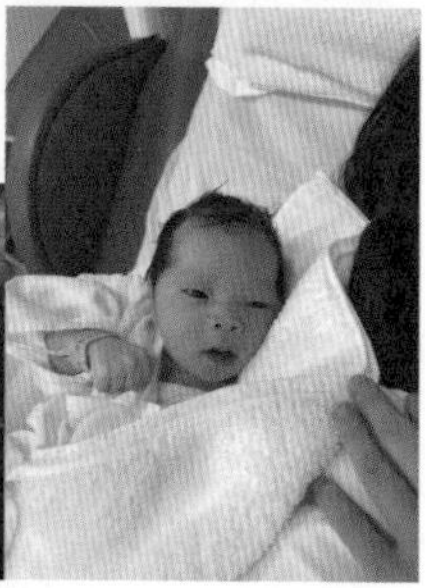

25日
りうの次男が生まれた。

夜ごはんは、ポルトガル風鰯の塩焼きと
じゃが芋もち（『きょうの料理』の試作）。

3月27日～30日まで、根本きこちゃんの家に泊まりにいった。
旅のメンバーは、赤澤かおりさん、川原真由美さん、翔。
※撮影協力・赤澤かおりさん、川原真由美さん

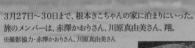

沖縄 ミニアルバム

4月

8日　夜ごはん。蕪のフライパン焼き＆はうれん草と蕪の葉のソテー、きのうのスープにカレールウを加えた。ご飯はなし。

7日　夜ごはん。沖縄風焼きそば、スープ（ポトフの残りに牛乳を加えた）。

1日　夜ごはん。
トロイカ2種（マグロの中落ちとイカを和え、
辛子酢味噌＆ワサビ醤油で。
「おまけレシピ」の試作）など。

13日
夜ごはん。
ポルトガル風鯛の塩焼き、フライドポテト、赤ワイン。

14日　夜ごはん。かき揚げ（スーパーの）蕎麦、ホタルイカと蕪の葉の辛子酢味噌。

16日　夜ごはんは、憧れの「赤萬」へ。
焼きたてが運ばれてくるやいなや、
今日子ちゃんが写真を撮ってくれた。

22日
能古島にて、
シバッちが作った顔ハメ看板。
右端が私。

23日
小さな草花がくっきり見えるようになった。
シバッち＆祥子ちゃん宅の
近所の公園で。

25日　昼ごはん。
撮影予定の料理を食べながら、
「暮しの手帖」の島崎さんと打ち合わせ。

29日　朝ごはん。
ポテトサラダ（手作りマヨネーズ、ディル）、
塩もみ人参サラダ、ゆで卵、パン、紅茶。

26日　肩掛けカバンのほころびを、
チェーンステッチで繕いはじめた。

5月

5日　夜ごはん。
フライの盛り合わせ（海老、ハム、
グリーンアスパラ、新玉ねぎ）&
ポテトサラダ、スパゲティ
（中野さん作）と赤ワイン。

12日　『ふたごのかがみ ピカルとヒカラ』
のための実験で、新緑を鏡に映してみた。

14日　夜ごはん。
オニオンリングフライ、
鶏の唐揚げ、白ワイン。

21日　絵本編集者の
門脇大さんが送ってくださった
ワインとチョコの詰め合わせ。

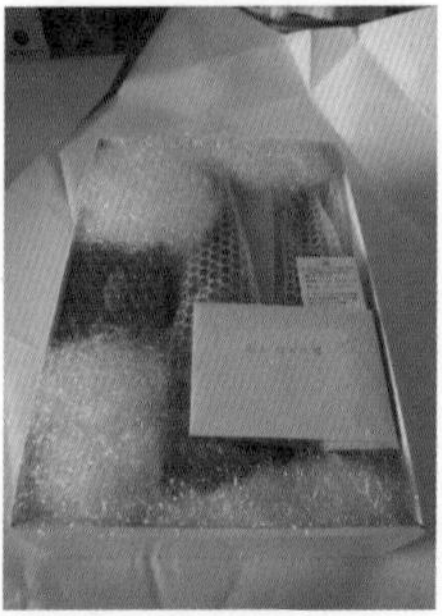

18日　「暮しの手帖」撮影後の打ち上げ。
アシスタントのリーダーとアム。このあとアムがプリンを切り分けてくれた。

22日　朝、廊下の窓に張りついていた。

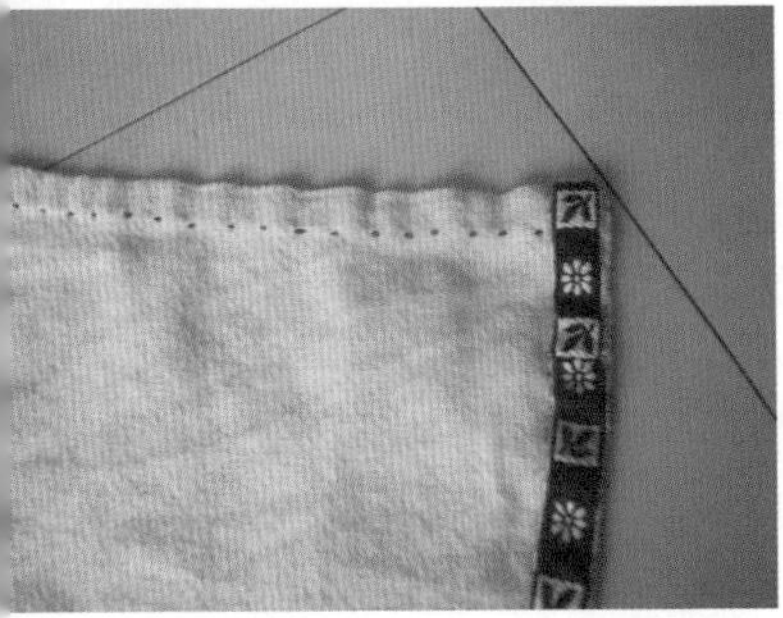

23日
テーブルクロスをチロリアンテープで縁取りした。

27日
大阪の富田林で偶然会えた、
ちよじのお母さん。
※中野さん撮影

30日　中野さんの置き土産の粘土細工。下の写真は私作。

6月

1日　窓辺で夜ごはん。
ガパオライス＆南風荘ビール。

3日　早めの夜ごはん。
じゃが芋入りリガトーニ（トマトソース）、
きゅうりと大根の塩もみサラダ＆ビール。

5日　『きょうの料理』の撮影風景。

15日

20日　絵本の打ち合わせ後に、
小野さん、洋子さん、つよしさん、
中野さんとごちそうを囲んだ。

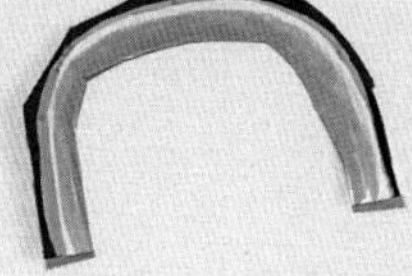

2018年4月

はじめての道を歩くのは楽しいな。

四月二日（月）晴れ

お昼寝して、今さっき起きたところ。

もう三時だ。

今朝は、このアパート全体の洗管工事（下水の流れる管の掃除）のため、管理人さんと作業の方が九時にいらっしゃった。

そのあとで「気ぬけごはん」のゲラ校正をし、ファクス。

今日が締め切りなので。

あとは、留守の間に届いていたメールの返事。

そのうちにたまらなく眠たくなってきた。

沖縄での日記を書いて、スイセイに送らなくてはならないのだけど、うまく書けるかな。

パソコンを持っていかなかったので、日記らしきものはスケッチブックに少しだけメモしておいた。

それを、ここに書き写してみようと思う。

どこからどこまでがきのうで、どこからが今日で、とか。

何日に何をして、何を感じ、何を食べたとか。

時間として区切ることができないような、そんな旅だった。

私はただ、きここちゃんと潤君の国に行って、ぼかんとした塊の、明るくて楽しくて眩しい大きな一日を、過ごしてきただけのような。

『たべたあい』の主人公そのものみたいな子どもたちと、算数の宿題をして遊び、絵を描き、海で泳ぎ、馬に乗り、おいしいごはんを毎日作ってもりもり食べ、呑み、お喋りして、大きな大きな年寄りの樹と、水汲み場のあるパン屋さんへ行った。

六甲に帰ってきたら、中野さんは絵本のための絵を十枚以上描いていた。

壁には、「お帰りなさい」の大きな絵が貼ってあった。

黒い馬に乗って、この部屋に帰ってきた私の絵。

馬ははじめは白かったのだけど、とちゅうから黒くなっていったのだそう。

私が実際に乗った馬は、ビアンコという名前で、ベージュと白が混ざり合った月色という毛の色をしていたのだけど、絵の馬は後ろ足が見えないので、私にはきここちゃんちのコザという黒い犬に見えて仕方がなかった。

翌朝、目を覚ましたら、枕もとに飾ってある満月の絵の四つん這いの女の子と目が合い、涙が噴き出した。

そのことはこんど、『帰ってきた 日々ごはん④』のあとがきに書こうと思う。

中野さんはきのう帰られた。

川沿いを歩き、駅までお見送りの散歩をした。
坂のとちゅうの桜が風に舞っていた。

ではここで、沖縄旅行の日記のメモを書き出してみます。
毎日晴れなので天気は記入なし。日づけは、あとからつけたものもあります。

三月二十七日（火）

六時に起きた。
玄関を出るちょうどそのとき、柱時計が八回鳴った。
坂のとちゅうの桜はまだ一分咲きくらい。
ゆっくり咲いていてくれるのが、嬉しい。
神社の桜は八分咲き。
大通りまで下りたら、ほとんど満開だった。
六甲駅八時二十分発、三宮へ。
ポートライナーに乗り換え、神戸空港へ。
窓から見える山は、けぶっているけれど、うちの山はあのあたりだなと分かる。

ゆうべは、鷲尾さんと窓辺に腰かけ、飛行機が降り立つ光を見ていた。

これから私は、その飛行機の中の人になる。

神戸空港はとてもコンパクトだし、お客さんも少なく、すいている。

すいすいと、手続きが進む。

三宮から二十分ほどで空港に着くなんて、便利だな。

私は何も知らずに、とても便のいいところに引っ越してきたのだな。


ここから沖縄。

←

きこちゃんちの動物。

猫（タラ）、アヒル（ダブダブ）、犬（コザ）。

久高島《くだかじま》のことを思い出す。

夜ごはんは、魚屋さんで買った新鮮なお刺し身（鰹、マグロ、ミーバイ）、キラジャー（貝・きこちゃんがナンプラーのタレを作った）、海ぶどう、マヨネーズ（きこちゃん作）、トマトサルサ（赤いトマト、玉ねぎ、塩、オリーブオイル・私作）、ディル&香菜を刻んだもの、ゆでとうもろこし。

きこちゃんの子どもたちは、自分の食べたいものを取って、食べたいように食べる。

タレをかけたり、醤油をかけたり、組み合わせてかけたり。

辛いのも平気で混ぜて食べる。

三歳になったばかりの縫衣《ぬい》ちゃんも、自分で刺し身を取って、手づかみでどんどん食べる。

「縫衣、もうそれで終わりだぞ」と、隣に座った哩来《りく》君（十二歳）から小さな声で言われていた。

私たちはビール。

同居しているきこちゃんのお父さん、お母さんは、ウイスキーの炭酸割り（シークワーサーしぼり）をジョッキに作って、三階から下りてきた。

みんなでわいわい食べ、九時くらいに私と翔だけ先に寝る。

三月二十八日（水）

七時過ぎに起きた。
この家はいろんな音がする。
誰がどこで、何をしてたてている音なのか分からない。
動物も、音をたてている。
シャワー。
朝ごはんは、潤君のもちもちパンケーキとコーヒー。
タピオカの粉が入っているのだそう。
バターとジャム（柑橘の皮とパッションフルーツ？　何かの種が混ざっている）。
とってもおいしい。
コーヒーを翔がいれた（潤君に教わって）。
お昼ごはんは、持ち寄り。
子どもとお母さんが、続々やってくる。
子どもたちは、外も、家の中も、裸足で歩く。

今日は水曜日なので、二階の部屋で、算数の問題を二問解く日なのだそう。

みんな（八人くらい）ひとりひとりで、寝そべったり、起き上がったりしながら、絵を描いて解いてゆく。

じゃが芋入りパスタを作った。

オイルサーディン（神戸のお土産）の量が足りないから、にぼしを加えてみた。

頭を取って、にんにくとオリーブオイルで炒めた。

翔は、「死ぬほどむずかしい」と台所に言いにきた。

二階へ上がると、多実《たみ》ちゃん（きこちゃんの長女、九歳。朝のうちにもう二問解いてしまったので、遊べるらしい）とチェスをしている。

翔は、女の子たちにちやほやされているような気がする。

午後、海へ。

夜ごはんは、焼き茄子とトマトのサラダ（ディル、私作）、チキンカレー（きこちゃん作）、島豆腐（できたてでまだ温かい）、丸ごとゆでたビーツのサラダ（マヨネーズ）、豚肉の鍋蒸しロースト（島らっきょう添え、きこちゃん作）。

三月二十九日（木）

「マジックアワーとは、陽の入り前の夕陽が最も美しい、空気の澄んだ時間」

ソーキそばの食堂に貼ってあったポスターより。

そういう時間のことを、沖縄の言葉で「あこーくろう」と言うのだと、潤君が教えてくれた。

こんなにおいしいソーキそばは、はじめて食べた。

そのあと読谷《よみたん》に行って、焼き物を見てまわってから、「水円《スイエン》」というパン屋さんへお茶を飲みにいった。

車が走る道から、長い石段を下りると、年をとった大きな大きなくねくねした樹があって、樹の下には水を汲むところがあった。

川原さんがひとりで下りた。

私も、ひとりで下りた。

赤澤さんは、下りない。

そのあと、外のテーブルで果物を甘く煮たシロップ入りの炭酸を飲んだ。

おいしい。

風が渡って、とても気持ちのいいお店。

アンソニー・アンド・ザ・ジョンソンズの曲がかかっていた。

お店をやっている香ちゃんという青いワンピースの女の人が、話しかけてきてくださって、握手した。

マメちゃんのパンの絵があって、私はとても驚き、でも、「そうか」と思った。

手打ちうどんのノブさんとマメちゃんは、ついこの間、このお店で何かをしたって。

畑の方に出ると、ロバがいて、坂道で足のない猫が毛繕いをしていた。

足が取れた関節のところ。深紅の骨が、チュッとのぞいていて、たまらなくきれい。

帰りの車。
最高潮に幸せだった。
翔が後ろの席で、私たちに外国人の名前をつけてはしゃいでいた。
すぐに忘れてしまうらしく、何度も呼ばれた。
「ナンシー（赤澤さん）」「リンダ（川原さん）」「アンナ（私）」
そのあとは、縫衣ちゃんと電話ごっこをずっとしてる。
同年代みたいに、普通に会話をしていて、とても楽しそう。
窓の外はでっかい夕陽。
多実ちゃん「ずっと見ていると、中に月があるよ。月とか、いろいろなのが動くよ」
私も夕陽をじっと見た。
ほんとだ。
月がある。
眩しいのに、よく見える。

四月三日（火）晴れ

ゆうべ、寝る前に熱が出た。

三十七度八分の微熱。

お湯を沸かして飲んで、寝た。

今朝もまだ下がらないので、黒砂糖をお湯に溶いたのをポットに作り、ごはんも食べずにずっと寝ていた。

寝て起きて、お砂糖湯を飲んで、また寝て起きるたびに熱が下がって、夕方には三十六度三分になった。

私の平熱は三十五度台だから、まだもう少し。

のどもまだイガイガする。

沖縄は、体の内と外がぐるりとひっくり返るくらいの旅だったから仕方がない。

こんなふうにして、場所に慣れていくんだろう。

今夜も黒砂糖のお湯を作って、早く寝よう。

お砂糖湯を作ろうと思いついたのは、ついこの間中野さんがおっしゃっていたのを思い出したから。

小学生のころに風邪をひくと、お母さんがお砂糖を溶かした甘いお湯を水筒に詰め、枕もとに置いて、仕事に出かけていったという話。

中野さんはそれを飲みながら、ひとりで寝ていたのだそう。

そういえば、ウズベキスタンのダルバン村というところで、川原さんが体調を崩したとき、民宿のおばあさんが琥珀色の砂糖のかたまりをお湯に溶かし、ポットにいっぱい作って、枕もとに置いておいてくれた。

川原さんは、おばあさんの孫の少年と私が洞穴に行っている間、ひとりでそれを飲み、汗をいっぱいかいて自力で熱を下げた。

私は沖縄帰りなので、黒砂糖にしてみたというわけ。

夜ごはんは、とろろ蕎麦（大葉、ねぎ）。

四月四日（水）
晴れのち雨

七時に起きた。

熱は三十五度四分。

平熱に戻った。

きのうは、寝たり起きたりの合間をみて、『帰ってきた 日々ごはん④』の校正をしていた。

ベッドの上で、寝ながら。

校正というよりも、読者になってただ読んでいただけ。

直すところはほとんどない。

今日もまた、その続きをしようと思う。きのうと同じ目線で。

窓の外が白い。

どこまでも白い。

むくむくと春霞に覆われている。

沖縄から帰って、私は目がよくなった。

実際に、これまで老眼鏡をかけなければ見えなかった細かな文字（電話の近くに貼ってある、タクシー会社の番号）が、裸眼でもはっきり見える。

この日記も今、眼鏡をはずして書いている。

視力がよくなったので、埃が目につくようになった。

体の調子もいいし、あちこち念入りに掃除をしているうちに、二階の部屋を模様替え。

仕事机を隣の部屋に移動させ、タンス代わりにしてみた。

積み重ねてあった衣装ケースも整理して、半分をベッドの下に収めた。

豚肉と厚揚げのピリ辛炒め
とろろ納豆
即席味噌汁

きこちゃんちの木のタンスのことを、いいなあと思っていて、私の机（米軍払い下げの家具）がよく似ているのに気づき、やってみた。

なかなかいいかも。

夕方になって、雨。

夜ごはんは、豚肉と厚揚げのピリ辛炒め（小松菜）、とろろ納豆、即席味噌汁（かつお節、とろろ昆布、ミニちゃんの空豆みそ）。

夜、山から海から、風が強く吹き荒れている。

おかげで夜景が一段ときれい。

四月六日（金）
雨のち嵐

ゆうべは、枕もとに水を入れたボウルを置いて、ガーゼをしめらせては目をふいていた。

朝起きたら、睫毛が目やにで固まっている。

沖縄から帰って、せっかく目がよくなったのに、こんどは傷めてしまった。

きのう私は、涙がよく出るので、花粉症の目薬をさした。

そのまま『帰ってきた 日々ごはん④』の校正に向かっていたのだけど、そのうち目やにが出て、視界が白くかすむようになってきた。

ときどき目をふきながら、それでもやっていて、スイセイからアルバムについての相談の電話があり、パソコンを見ながら話をしていたら、だんだん目が開かなくなってきた。

瞼の内側で、目玉がひっくり返るような感じ。

目を閉じるとゴロゴロして痛い。

それで、今朝九時ごろに家を出て、眼科に行った。

六甲道にあるその眼科は、うちと同じくらいに古い建物で、床もPタイル。

古いけれど、すみずみまで掃除が行き届いて清潔な感じがするし、男の先生もとても感じがよかった。

待合室で待っていたら、おばあちゃんが三人ほど入れ替わり入ってくるくらいで、すぐに診てもらえた。

看護婦さんも優しかった。

これまでちっとも知らなかったのだけど、消費期限を超えた目薬は、水分が蒸発してどんどん濃縮されるのだそう。

私が使ったのは、神戸に越してくる直前に買ったものだから、もう二年前のものだ。

そのあとで耳鼻科へも行った。

ポトフ
（冷凍しておいたゆで大豆とゆで汁で）
苺

時期からいうと、私のはスギではなくヒノキ花粉のアレルギーなのだそう。

のどが赤くイガイガするのも、ヒノキ花粉の特徴なのだそう。

花粉症の薬を処方してもらい、美容院に行き、図書館にも行った。

帰りに「ＭＯＲＩＳ」へ寄ろうかと思っていたのに、冷たい雨の中、買い物をして帰ってくるのがせいいっぱいだった。

私は沖縄の疲れが出ているみたい。

夜ごはんは、ポトフ（冷凍しておいたゆで大豆とゆで汁で。玉ねぎ、蕪、キャベツ、人参、ソーセージ）、苺。

夜になって嵐。

目はずいぶんいいみたい。

四月七日（土）
曇りのち晴れ

朝、佐川さんからのメールを読んで、片山令子さんが亡くなったことを知った。

いきなり涙が噴き出す。

私はこのところ、令子さんの文や詩の世界に惹かれていて、『夏のかんむり』を寝る前に開いたりしていた。

きのうも図書館で借りた二冊が、たまたま令子さんが書いた絵本だった。『きりのなかのかくれんぼ』と『きんいろのとけい』。

ゆうべ、寝る前に読んで寝た。

令子さんの書く文や詩、新しい絵本も、これからまだまだ読めると思っていた。好きな女の人が、またひとりいなくなってしまった。

なんだか背筋が伸びるような気持ち。

私は、自分の仕事をがんばろう。

今日は、令子さんの冥福を祈りながら、一日を過ごそう。

目もずいぶんよくなってきたので、『帰ってきた 日々ごはん④』の校正の続きと、「おまけレシピ」を書こう。

沖縄に出かける前まで裸だった猫森の木々も、若葉がずいぶん伸びてきた。

見渡せば、あちこちに若緑のいろいろな色。

小さな葉っぱがさわさわと風に揺れている。

今日は、雨が降っていたかと思ったら、ぱーっと晴れたり、また雨になったり。

肌寒く、不思議なお天気だった。

沖縄風の焼きそば
ポトフの残りに牛乳を加えたスープ

校正はベッドの上でやり、終わった。

「おまけレシピ」もだいたい書けた。

夕方、つよしさんから絵本の銅版画が送られてきて、そのあと電話で少しお喋り。

私たちの絵本が、歩きはじめた。

夜ごはんは、沖縄風の焼きそば（ソーキそばの麺で。豚バラ薄切り肉、蕪の葉、豆苗、目玉焼き）、ポトフの残りに牛乳を加えたスープ。

四月九日（月）晴れ

十二時から「リンネル」の連載の打ち合わせ。

二時間ほどで終わり、編集者のおふたりと森の入り口まで歩いた。

今、ツルニチニチソウ（青紫の花）が盛りなので。

一輪摘んで戻ってきて、遅いお昼ごはんを食べに「かもめ食堂」へ。

小さな器にいろいろ盛られた、色とりどりの野菜料理。

メインはチキンカツのブロッコリーソース。

野菜たっぷりのごはんで、お腹いっぱい。

どれもこれも心落ち着く味で、とてもおいしかった。

つけた。

帰り道、てくてく歩いていたら、あちこちの生け垣や花壇にツルニチニチソウの花をみ

食後に、紅茶とフルーツケーキをごちそうしてくださった。

ふたりとも元気そうで、ちょっとだけお喋りすることができた。

ご飯粒ひとつまで残さずに、ぜんぶきれいに食べないと、そうはならない感じもする。

「かもめ食堂」のごはんを食べると、いつも、体の中が清められるような気がする。

やっぱり今が盛りなのだ。

「ＭＯＲＩＳ」に寄ったら、京都帰りの今日子ちゃんが、おいしい豆大福と煎り番茶をいれてごちそうしてくださった。

お腹いっぱいとなり、八幡さままでお参りをして、眼科へ。

患者さんが誰もいなかったので、またすぐに診てもらえた。

軽く買い物し、ゆっくりゆっくり、坂を上って帰ってきた。

あまりにお腹がいっぱいで、運動したかったから。

夜ごはんは、まだお腹がいっぱいなので、苺＆ヨーグルトのみ。

四月十日（火） 晴れ

このごろは七時少し前に起き、カーテンを開けて陽を浴びる。

のども目もずいぶん楽になって、ゆうべは夜中にいちどだけうがいをしたくらいで、ぐっすり眠れた。

朝から、『帰ってきた 日々ごはん④』の「おまけレシピ」の推敲。

あと、絵本と料理についての文章（「料理家と絵本」というタイトルで『絵本の冒険』〈小野明 編著・フィルムアート社〉に集録されました）をていねいに校正し、ファクス。

明日が「きょうの料理」のテキスト撮影なので、買い物に出たいのだけど、細々とやることがあり、ひとつずつ終わらせていった。

「ゆっくり、ゆっくり、落ち着いて」と、心で唱えながら。

ピーマンの肉詰めが冷蔵庫に残っていたので、ご飯を炊いて、夜ごはん用のお弁当を作っておく。

一時過ぎに坂を下りた。

阪神御影駅までバスに乗っていくので（ここの駅前の「オアシス」は、魚屋さんがとてもいい）、いつもと違う道を通って下りた。

どこもかしこも葉っぱが新しい。

垣根の若緑の葉も、やわらかくてつやつやしている。
バスを待っている間、ツバメが二羽空を横切った。
つかず離れずの距離で、さえずりながらすごいスピードで一直線に滑空していた。
きっと、気持ちいいんだ。
帰りのタクシーの中から見えた山に惹かれ、荷物だけ置いて屋上へ。
ひさしぶりの屋上。
裏山は、いつの間にやら緑が増え、もくもくしていた。
ところどころに薄桃色の木がある。
あれはきっと山桜だ。
夜ごはんは、お弁当（ピーマンの肉詰め、卵焼き、小松菜のおひたし、小鰯の酢煮）、
蕪の味噌汁。

四月十五日（日）
曇りのち晴れ

朝起きたとき、灰色の重たい雲がたれこめて薄暗く、空気までグレーだった。
でも、緑はしたたるような色。

ゆうべひと晩中よく降ったから。

『帰ってきた　日々ごはん④』の「あとがき」にとりかかろうかと思ったのだけど、なんとなく棚の整理をはじめてしまう。

たまりにたまっていた『たべもの九十九』の書類を片づけ、絵本の箱、物語の箱、これからはじまる新しい仕事と、単行本のための箱も作った。

窓を見ると雲に切れ目ができ、青空がのぞいている。

そのうちぐんぐん晴れてきた。

海の向こう側の半島の、山並みの筋までくっきりと見える。

山裾に一列に並んでいる、白い建物もよく見える。

今週は予定が立て込んで、いつもより忙しかった。

水曜日には「きょうの料理」の撮影で、東京からちよじが来て、ひと晩泊まった。

次の日には中野さんがいらっしゃり、三人でワインを呑みながらお昼ごはんを食べた。

ちよじを見送ってからふたりで坂を下り、六甲道まで歩いて電車に乗って、住吉のラーメン屋さんへ行った。

お腹がいっぱいで、少し歩きたかったので、住吉川に下りた。

光が灯りはじめた夕暮れの山を仰ぎながら、だーだーと流れる十メートルほどの住吉川

オムソバ
しろ菜の中華スープ

の向こうとこっちで、川沿いを別々に歩いたのも。そのあと橋を渡って合流し、夜風に吹かれながら御影駅まで散歩したのも、すべてがとてもよかった。

なんだかそのときに見えたもの、感触は、夢の中のできごとのようであり、いつかお話の中に出てきそうでもあった。

中野さんは次の日に大阪の画材屋さんへ行って、もうひと晩泊まり、きのう帰られた。

もう、すぐにでも絵を描きたそうだった。

そういえば、私の鼻の下には今、水泡状のぶつぶつができている。

多分これもヒノキ花粉のせいだろう。

ずいぶんよくなってきたけれど。

目ものども、ここ二、三日ですっかり治った。

ちよじが作ってくれた、大根はちみつのおかげだ。

夜中に咳が出るたびに、スプーンですくってなめていた。

大根はちみつは効果絶大。うがい薬やトローチなんかより、よっぽど効く。

今はもう夕方の六時前なのに、海も空も青い。

日が長くなったなあ。

夜ごはんは、オムソバ（焼きそば、冷やご飯、キャベツ、豚肉）、しろ菜の中華スープ。

四月十六日（月）

※天気を書くのを忘れました

朝から携帯電話のことで電話。

一時から「ＭＯＲＩＳ」へ。

明日が料理教室なので、お鍋やザルやらを抱えて坂を下りた。

神社でお参り。

いつもの道を通るのは、ちょっとひさしぶり。

ひと息ついて、今日子ちゃんと材料の仕入れ。新在家《しんざいけ》の向こうに引っ越した「めぐみの郷」へ、てくてく歩いていった。

やっぱり野菜がとてもいい。

大きなキャベツ、ラディッシュもおいしそう。

人参、淡路の小粒新玉ねぎ（スープにしたらおいしそうなので、自分の分も）、小粒新じゃが、しろ菜などたっぷり買ってリュックを背負い、大荷物で帰ってきた。

帰り道、歩きながら最近気になっている餃子屋さん「赤萬」のことを聞いてみた。

「餃子とビールだけ。その、潔さ！　店も、清潔。大好き！（だい、に力が入っていた）」と、今日子ちゃんは空に向かって叫ぶように言った。

それで、がまんできなくなり、三時半くらいに「MORIS」を出て、元町の「赤萬」にふたりで行ったのだった。

ここの餃子はまったく油っぽくなく、なのにカリッとしていて、餃子の概念がくつがえされるおいしさ。

味噌ダレをベースに、酢、醤油、ラー油で調味しながら食べるのがおすすめだそう。

私は、味噌ダレを入れないのも食べた。

今日子ちゃんと小ビンのビールを半分こし、二人前ずつ（十四個）ぺろりと食べた。

帰りに「無印」に寄り、ずっとほしかったモップを買う。

六甲でも買い物し、七時にタクシーで帰ってきた。

夜ごはんは、具だくさん味噌汁を作ろうと思っていたのだけど、お腹がいっぱいなことに気がつき、ヨーグルトとみかんだけ。

夜、お風呂に入る前にお裁縫。

四月十七日（火）晴れ

朝、窓の外が白かったのだけど、だんだん晴れてきた。

「無印」のモップであちこち掃除。

適度な重さがあり、安定してとてもいい感じ。

これまで使っていたのはハンドルが細い上、ふらふらと不安定で、掃除をするたびに楽しくなかった。

それを、吉祥寺時代からずーっと、多分十年近く使い続けてきた。

どうして私はいままで、買うのをがまんしていたんだろう。

さて、そろそろ出かけようかな。

カセットコンロと電気釜を抱えて坂を下りる。

今日は、雑誌の取材（「リンネル」の連載。『日めくりだより』として、扶桑社から二〇二一年三月に刊行されました）も兼ねて、「MORIS」で料理教室。

写真も撮っていただくことになっている。

なんだか胸が、わーくわくする（ムーミンパパの言い方で）。

今日の「ムーミン日めくり」の言葉は……


「あんまり、おおげさに考えないようにしろよ。なんでも、大きくしすぎちゃ、だめだぜ」（スナフキン『ムーミン谷の十一月』より）

さて、行ってきまーす。

四月十八日（水）
曇りのち晴れ

目覚めたとき、空が白かった。

ベッドに寝そべった位置から、一点だけ明るく光る雲をみつけた。

窓を開けても寒くない。

猫森の木は、葉っぱがまた伸びた。

枝の黒いところが、ほとんど見えなくなった。

透き通るような若々しい緑がとてもきれい。

きのうの料理教室は楽しかったな。

マヨネーズもうまくいったし、ロールキャベツもキャベツの甘みがよく出て、とてもおいしくできた。

キャベツを丸ごとゆで、トングで葉っぱをはがすところ、玉ねぎと人参をバターで甘みが出るまで炒めるところ、肉ダネを包むところのデモンストレーションも、時間に追われずに、落ち着いてゆっくりと伝えることができた。

焦らずにできたのは、今日子ちゃんとお手伝いしてくれた彩実《あやみ》ちゃんのおかげだし、「MORIS」に流れている独特の空気のせいもきっとある。

一時からはじまって、気づいたら四時だったから、ちょっと時間オーバーだったけれど。

教室がはじまる前に作ってくれた、今日子ちゃんの胡瓜サンドも、水茄子と日向夏《ひゅうがなつ》のサラダもおいしかったなあ。

今朝は、朝から携帯電話会社の方が、このアパートの電波状況を調べにきてくださった。越してきてそろそろ二年になるのだけど、部屋の中だと電波が悪く、携帯電話が使えなくなるのを、不便ながらずっと放っておいた。

うちみたいな高台で、見晴らしのいいところは、下にある電波塔の強い電波をたくさん引き寄せ過ぎて、混乱してしまうことがあるとのこと。

ひとつの電波に絞り、部屋の中で受け取れる受信機のようなものがあるらしいのだけど、ベランダにしか設置できないらしい。

うちは屋上はあるけど、固有のベランダがないので、対応できないことが分かった。

いままで通り、部屋の中では携帯電話が使えないけれど、外ではかけられるし、いちばん安いパックに入り直したので、まあ、よしとしよう。

『帰ってきた 日々ごはん④』の「あとがき」にとりかかろうと思いつつ、おとついから

しろ菜の煮浸し
蓮根きんぴら
具だくさん味噌汁

はじめたお裁縫の続きに夢中になってしまう。

何をしているかというと、長年使っている肩掛けカバンの表布のほつれたところを、刺繍ではぎ合わせ、繕っている。

チェーンステッチしかできないのだけど。

窓際のテーブルで、景色を眺めながら、夕方までずっとやっていた。

刺繍は楽しいな。

それにしても日が長い。

西の方は、陽が沈むのが東京に比べて二十分くらい遅いと、前にファンの方から教わったけれど、本当にその通り。

サマータイムのよう。

六時になっても、まだ海が青いもの。

夜ごはんは、しろ菜の煮浸し(京都の薄揚げ)、納豆(卵、海苔)、蓮根きんぴら、具だくさん味噌汁(豆腐、大根、大葉、料理教室の残りのゆでたキャベツ)、ご飯。

四月十九日(木)晴れ

スニーカーを洗って、さっき屋上に干してきた。

山はまた一段と、緑が増えた。

手前の大きな木に白い花が咲いている。

山桜らしきピンクも、まだ見える。

海も青い。

六甲の初夏が、またはじまろうとしている。

あさってから福岡に出かけるので、旅の荷物を支度したり、掃除をしたり。

海を見ながらゆっくりと動いた。

「ブックスキューブリック」という本屋さんで、『たべもの九十九』の刊行記念のトークイベント。

トークのお相手は、なんと「ノコニコカフェ」のシバッちと祥子ちゃんだ。

その夜は福岡市内の宿に泊まり、次の日は能古島のふたりの家に、ひと晩泊めていただく。

『どもるどだっく』のなみちゃんが生まれた地に、また、お礼を伝えにいこう。

今日は、三時から新しい本の打ち合わせ。

内容はまだお伝えできないけれど。

打ち合わせが終わったら、軽くビールで乾杯する予定。

なので今、ゆっくりゆっくり、つまみの支度をしているところ。

大げさなものではなく、あるもので。

おふたりの編集者のために、何かおいしいものをこしらえよう。

ウフ・ア・ラ・マヨネーズ（ゆで卵の手作りマヨネーズのせ）、冷や奴（編集者さんが庭から取ってきてくださった山椒の葉を刻んだもの、塩、ごま油、なたね油）、大根のマリネ（ディル）、ラディッシュ（マヨネーズ&柚子こしょう）、グラタン（新じゃが、淡路の新玉ねぎ、フジッリ）、ビール、白ワイン。

デザートに、豆餅とかしわ餅（お土産）。

窓の外に夜景が光り出し、しばらくたったころ、七時半くらいにふたりは帰られた。

坂のとちゅうまで、私も散歩がてらお見送り。

暮れかかる空に上限の三日月。

ご飯を盛ったお茶わんみたいに、黒くて丸い陰がうっすらと見える。

三日月のすぐ近くには、きらりと光る星。

明日、中野さんがいらっしゃることになった。

四月二十一日（土）

初夏の陽気。

お昼をゆっくり食べ、中野さんと坂を下り、神社でお参り。

お墓のところでふた手に別れ、中野さんは六甲駅へ、私はバスで新神戸駅へ。

では、福岡に行ってきます。

五時くらいに「ブックスキューブリック」に着いたら、『たべもの九十九』の原画を飾ったり、トークの打ち合わせをしたりする予定。

シバッちと祥子ちゃん、「ノコノコロック」でいつもお世話になっている末《すえ》ちゃんも、同じくらいの時間に来てくださる。

編集者の小出さんも、東京から駆けつけてくださる。

楽しみだな。

さて、どうなることやら。

四月二十四日（火）曇り

福岡からきのう帰ってきた。

二泊三日の、楽しい楽しい旅だった。

トークショーには、北九州に移住した山福朱実《あけみ》ちゃんも来てくれた。

電車を乗り継ぎ、二時間半もかけて。

わずかな時間しか一緒にいられなかったけど、朱実ちゃんは地もとでみんなに愛されていることが伝わってきた。

元気そうだったなー。

「とんちピクルス」さんも、トークのときから聞いてくださって、懇親会では三曲歌ってくれた。

翌朝お宿で、長崎に移住したマイキー（中野さんのお友だち）にばったり会った。

トークショーとは関係なく、本当にばったり。

私が朝、散歩に出ようとしていなかったら。マイキーが朝ごはんのあと、友だちと食堂でゆっくりしていなかったら。そして、私たちの間を隔てる襖が開いていなかったら、会えなかった。

泊まっていたその宿は、「ブックスキューブリック」の店長の大井さんがよく知っているB&Bのようなところ。

その夜は、大きなコンサートや学会が重なり、ホテルがどこもいっぱいだったから、特別に予約してくださった。

こんなことってあるんだな。

私はとても嬉しく、みんな（マイキーと彼氏、友だちとその息子）を誘って、自慢気に能古島へ渡った。

島を歩きまわって浜に下りたり、トンビを眺めたり、「ノコニコカフェ」で海を眺めながら、夏みかんジュース割りのビールを呑んだり。

四人を見送ってからは、シバッちや祥子ちゃんとぽつりぽつりとお喋りしながら、夕方までゆっくり、ゆっくり過ごした。

浅羽さんの家へも遊びにいった。

一年前と同じく、またお風呂に入らせてもらい、お誕生日のごちそうをみんなで食べた。家族みんな、変わりなく元気そうで、子どもたちは会わない間のちょうど一年分大きくなっていた。

一年前と変わったところは、鬱蒼と茂った山道を上って、ひとりで浅羽家に行けたこと。私は相当な方向音痴だけれど、山道だとだいじょうぶみたい。

いちど迷って、小学校の道に出てしまったけども、「能古博物館の方へは行かず、左へ、左へ」と、それだけ教えてくれたやちよちゃん（浅羽さんの奥さん）の声を思い出しながら、ぶつかった道を左へ、左へと上っていったら着いた。

神戸に帰る日の朝は、今にも雨が降り出しそうな曇り空で、トンビは飛んでいなかった。公衆トイレに行ったついでに、公園のまわりや小道を歩いた。

筍と昆布の煮たの
ハムエッグ
味噌汁（油揚げと蕪）

表側が灰色で、裏側がオレンジ色の斑点の小さな蝶をみつけ、座ってじっと見ているうちに、小さな草花が目に入ってきた。

花芯が黄色で、まわりが薄紫の花。

さらに小さな、百合の形をした紫色の花。

草の集まりをじっと見ていると、森みたい。

砂場の角のところに、これまた小さな小さな貝殻が集めてあった。

よく見ると、砂場の砂にまぎれて貝もたくさんある。

帆立貝みたいな形の貝、赤い線のある貝。

私は、鉛筆の芯の先くらいに細くて小さな、白い巻貝を拾った。

能古島は『どもるどだっく』のなみちゃんが生まれた島。

ここに来ると、どうして目がよくなるのかな。

夜ごはんは、筍（きのうシバッちが掘って、お土産に持たせてくれた）と昆布の煮たの、ハムエッグ、味噌汁（油揚げと蕪）。

明日は、一時から「暮しの手帖」の打ち合わせ。

東京から編集者の島崎さんがいらっしゃる。

四月二十六日（木）晴れ

小鳥の声で、五時に目覚めた。

トイレに下りたら、明け方の景色。

空は青白く、夜景がまだうっすらと灯っている。

六時前に起きる。

鳥の声は、もう止んでいる。

小鳥は明け方にだけ、盛んに鳴くのだな。

カラッとしてとてもいいお天気。

福岡から帰ってすぐ、『帰ってきた 日々ごはん④』の装幀とアルバムページについて、スイセイと電話でやりとりをしていた。

今朝も朝から画像が送られてきて、午前中に電話でミーティングした。

電話を切って、テキストを夢中で書いた。

それから洗濯をして、干して。

早起きすると、なんて時間がゆっくりと進むんだろう。

開け放った窓。

小鳥のさえずり。

緑。

そよ風。

さて、紅茶をいれて、上で読書しよう。

夜ごはんは、新じゃがサラダ（新玉ねぎ、ディル、手作りマヨネーズ、マスタード）、蕪と蕪の葉のオリーブオイル蒸らし炒め、炊き込みご飯（おととい薄味で煮て食べた、シバッちが掘った筍。油揚げ、椎茸）、鰆《さわら》の味噌漬け（冷凍してあったもの）、大根おろし。

夕暮れどき、ぽつり、ぽつりと灯りがともりはじめるころの蒼い空は、今朝見た明け方の空にそっくりだった。

新じゃがサラダ
炊き込みご飯
鰆の味噌漬け（冷凍してあったもの）

四月二十七日（金）晴れ

ぐっすり眠って七時半に起きた。

朝からスイセイと電話。

本棚の上にある箱から資料を出し、写真を撮って送る。

お昼を食べ、ひさしぶりの買い出しへ。

坂道は今、サツキが花盛り。

ピンクも薄いピンクも、白いのもとてもきれい。

薄いピンクのは、よく見ると花弁の一枚一枚のまわりに白く縁どりがある。

山もずいぶん緑が濃くなった。

郵便局に行った帰りに、知らない道をあちこち散策し、はじめてのパン屋さんにも行ってみた。

坂の上の方まで上った。

下の方に、前に行ったことのある商店街のアーケードが見えた。

はじめての道を歩くのは楽しいな。

川があったので遡っていくと、思ってもみないところまで森が迫っていたり、そこに洋館のような古い家が建っていたり。

さんざん歩きまわって、「コープさん」で買い物。

兵庫産の生のホタルイカを発見！

ずいぶん大荷物になったので、タクシーに乗ろうかとも思ったのだけど、けっきょく歩いて上る。

とちゅうで、サツキの花の蜜を吸った。

ピンクのは普通の味。薄いピンクのは芳《かんば》しく、ちょっとゴージャスな味。白いのはさらに、高貴な香りと味。

生ホタルイカの塩ゆで
生ホタルイカの
にんにくオリーブオイル炒め

うーん。白、おいしいなあ。

東の空の白い月を仰ぎながら、うっすらと汗をかきながら上った。

月、ずいぶん膨らんだな。

満月ももう間近だ。

夜ごはんは、生ホタルイカの塩ゆで、生ホタルイカのにんにくオリーブオイル炒め、蕪と蕪の葉のフライパン焼き、新じゃがサラダ（ゆうべの残り）、おいしいパンとバター。

四月二十八日（土）晴れ

とってもいいお天気。

でも、鼻がむずむず。ひっきりなしに鼻水が出る。

おとついくらいから。

花粉症なのかなと思うのだけど、薬を飲んでも一向によくならない。

もしかして埃のせいだろうか。

このところ、『帰ってきた 日々ごはん④』で使う、昔の資料を箱から出し入れしているから。

なので、あちこち念入りに掃除機をかけた。

アボカド豆腐
ホタルイカの塩ゆで
茄子のオイル焼き

「鉄道芸術祭」の資料やら、『たべもの九十九』の原画も、ようやく整理して片づけた。

台所で、煮豚と煮卵を作りながらやった。

こうやって、ひとつひとつが終わっていくのは、スッキリと嬉しくもあり、ほんのちょっと淋しくもある。

本当は今、新しい本のことを考えたり、新しい原稿も書きはじめなければならないのだけれど、どうもその気になれない。

けっきょく夕方の四時くらいから、ようやく原稿を書きはじめた。

明日もまたがんばろう。

夜ごはんは、アボカド豆腐（しらす、大葉）、煮豚の切れ端、ホタルイカの塩ゆで（ゆうべの残り）、茄子のオイル焼き（かつお節、七味唐辛子、醤油）、具だくさん味噌汁（お揚げ、大根、新玉ねぎ）。

もうすぐ七時になるのだけど、空はまだ青い。

灯りがともりはじめた。

東の空では、月も輝きはじめた。

あと二日くらいで満月かな。

水気を含んだようなひんやりした風。

青い緑の匂い。
山から下りてくる、初夏の匂い。
佐川さんが『ブリキの音符』を送ってくださった。
読んでみたいと思いながら、ずっと手にすることができなかった絵本。
片山令子さんの文と、ささめやゆきさんの絵。
寝る前に読もう。

四月二十九日（日）快晴

よく晴れ渡った、静かな日曜日。
小鳥が盛んにさえずっている。
他には音が何もしない。
チーチーチュルル チュルリーリー。
きれいな水みたいな、とてもいい声。
ジートゥージートゥー ジリジリジーと聞こえるのは、また別の小鳥だろうか。
緑がさわさわと揺れ、光っている。
『ブリキの音符』は、とってもよかった。

もったいなくて、ふたつくらいのお話しか読めなかったけれど。
これから少しずつ、大切に読んでいこうと思う。
今、私の体の中身は、片山令子さんと石牟礼道子《いしむれ》さんでできている。
石牟礼さんの『ここすぎて水の径』は、「ブックスキューブリック」でみつけた。
『椿の海の記』はアマゾンで。
おふたりには、どこか共通したところがあるような気がする。
どこがとか、ひとことではとても言えないのだけれど。
ほんのりと重なる印象。
多分私は、そこが好きなんだろうと思う。
もしかすると、妖しさだろうか。
それは、武田百合子さんや佐野洋子さんからは感じられなかったものだ。
朝ごはんを食べ、きのうの続きの原稿書き。
大枠は書けた。
締め切りはまだ先だから、これで大丈夫。
今日は、マメちゃんに誘われて、花隈《はなくま》に呑みに出かける。
つよしさんも一緒とのこと。

お店は三時から開いているのだそう。

気楽なワインバーのようなところらしい。

さっき、つよしさんにメールをしたら返事がきた。

「昼下がりの、呑み。っていうのがいいですねー」

では、行ってきます。

＊4月のおまけレシピ

アボカド豆腐

アボカド½個　豆腐½丁　大葉２枚　しらす大さじ１強
ごま油　その他調味料（２人分）

熟れごろのアボカドをみつけると、季節を問わずよく作ります。ビールや白ワインのおつまみにはもちろん、ご飯にのせて食べてもおいしいのです。

豆腐は、絹ごしでも木綿でもお好きなものを。豆腐の代わりに、マグロやサーモンのお刺し身をコロコロに切って合わせると、ハワイのポキのようになります。

こういうシンプルな料理は、アボカドのおいしさが命。果肉の表面が美しい緑色をした、バターのようにねっとりとなめらかなアボガドで作ってください。


アボカドの種は包丁の刃元の角をつき刺し、軽くひねって取りのぞきます。皮をはがし、食べやすい大きさの乱切りにします。

大葉は細切りに、醤油小さじ１とワサビ適量をよく混ぜ合わせておきます。

ボウルにアボカドを入れ、豆腐を大まかにくずしながら加えます。大葉をほぐしながら加えたら、ごま油小さじ1とワサビ醤油をまわしかけ、木べらやスプーンでざっくりと混ぜます。

器に盛ってしらすをこんもりとのせ、できあがりです。

※ワサビ醤油をポン酢醤油に代えたり、柚子こしょうとごま油を合わせてまわしかけたり。中華風のタレをかける「アボカドやっこチャイナ」も、ビールのいいおつまみになります。タレはオイスターソース小さじ1、醤油小さじ１と½、ごま油小さじ1、粗びき黒こしょうを適量混ぜ合わせて作ります。

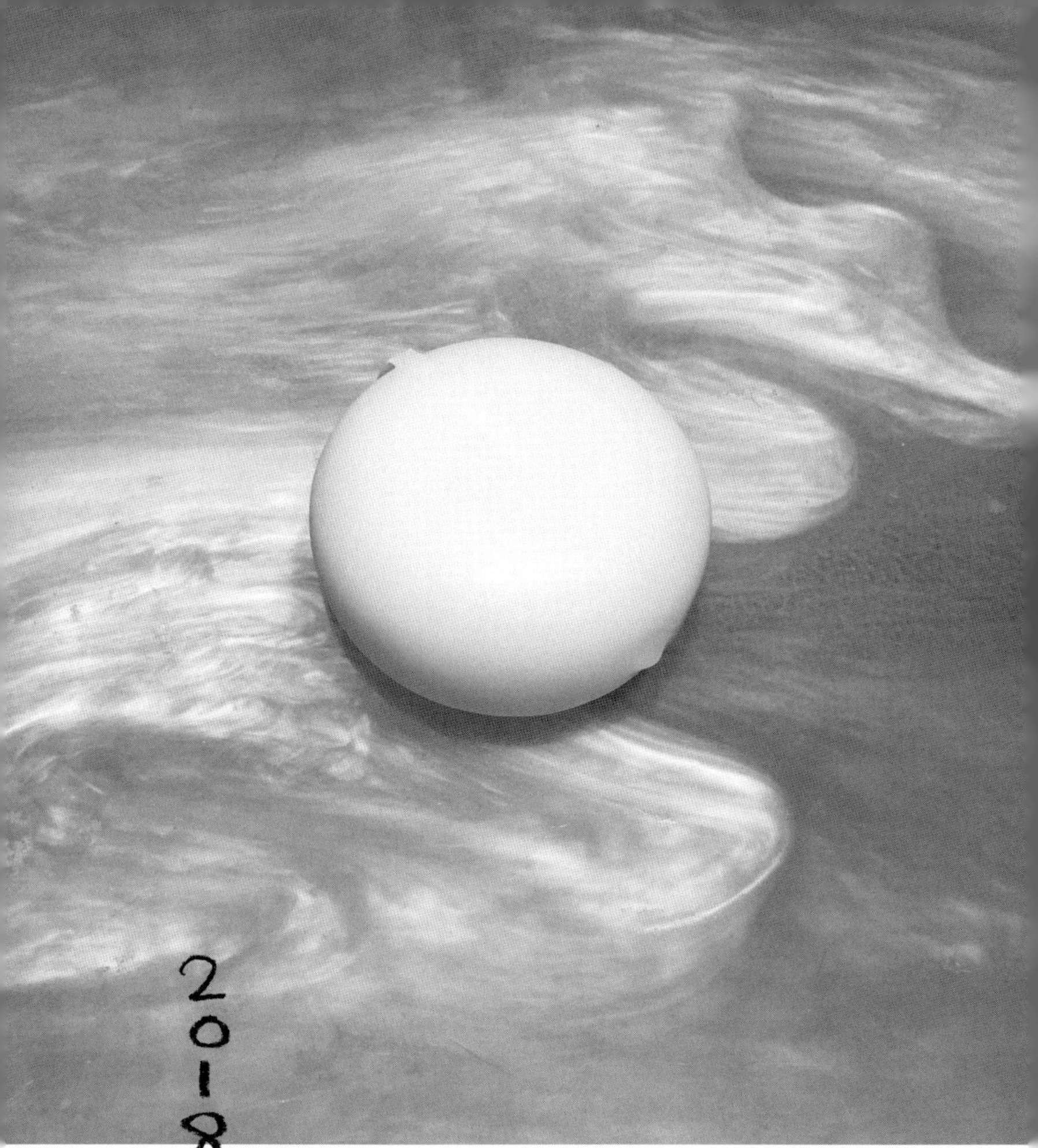

2018年5月

名作は、やわらかい。

五月二日（水）雨

五時半に起きて窓を開けた。

今にも雨が降り出しそうな空。

空気がしっとりとして、緑がきれい……と思いながら眺めていたら、大きな蜂をみつけた。

空中のひとっところで、ぶるぶるぶるぶる羽を震わせながら、こっちを見ている。

私もこっそり、その様子を観察する。

小鳥が飛んできて近くをすり抜けようとしたら、ビュンと追いかけ、またすごいスピードで戻ってきた。

瞬間移動みたいに。

鳥のことを追い払ったのかな。

気が立っているんだろうか。

去年は、大きな蜂が部屋に入ってきて、ベッドの足のネジ穴に巣を作ろうとしていたことがあった。

この蜂も隙あらば巣作りをしようと、狙っているのかもしれない。

蜂も真剣なのだ。

きのうは、とてもかわいらしい蜂が部屋に入ってきた。
触覚が長く、体と足にやわらかそうな毛がびっしり生えた、コロンとした蜂。
はじめて見た。
屋上に洗濯物を干している間にいなくなったけど。
朝ごはんを食べ、ゴミを出しにいったら、小雨が降っていた。
目に見えないくらいの雨粒。
かすかな、かすかな音がする。
きのうは、『帰ってきた 日々ごはん④』の「あとがき」を書いた。
今日はその仕上げをしよう。
落ち着いた気持ちで。
午後には書き上げ、アノニマの村上さんにお送りした。
さて、何をしよう。
新しくはじまる連載の仕事の、アイデアを練ろうかな。
雨は静かに、しめやかに降り続いている。
あれ？
カエルの声がする。

冷や奴
納豆
味噌汁（割り干し大根、卵）

トゥルルル　トゥルルル　トゥルルル
かすかな音だけど、耳がよくなったみたいにやけによく聞こえる。
声が聞こえてくるたびに私は窓辺に立ち、柵の向こうの草むらに動いているところはないかとじっと見た。
夜ごはんは、冷や奴（しらす、ごま油）、納豆（ねぎ）、味噌汁（能古島の割り干し大根、卵）、ご飯（五分搗き）。

五月六日（日）
晴れのち曇りのち雨

さっき、中野さんをお見送りがてら神社まで坂を下った。

草花や木を眺めては立ち止まりながら、スイスイ上って戻ってきた。

神社のあたりでぽつり、ぽつりときていた雨は、坂の上まで上ったときに、ぽつぽつとなった。

早足でアパートに向かうと、雨がやってくる前に吹く風が、ピュー――ッ。

そして、しっかりとした雨になった。

連休の間はよく遊んでよく食べ、よく歩き、とても楽しかった。

まず三日に、中野さんと図書館で待ち合わせをして、買い物。

夜ごはんは天ぷらを揚げ、江戸前天丼（ピーマン、ハモ、いんげん、長芋）にした。

四日は朝からごちそうを支度し、お昼くらいに門脇大さん（中野さんの絵本の編集者）と奥さんの美千代さんがいらっしゃった。

『えほん遠野物語　おいぬさま』が出版された、お祝いの会だ。

できたばかりの絵本を間に置いて、お喋りしたり、食べたり、呑んだり。

メニューは、ウフ・ア・ラ・マヨネーズ、アボカド（手作りマヨネーズ、ワサビ醤油）、春の豆とパルミジャーノ（そら豆、スナップエンドウ、さやいんげんを色よくゆで、オリーブオイルと少しの塩で和えておき、お皿に平たく盛る。上から雪のようにチーズをすりおろした。マメちゃんに連れていってもらった、花隈の呑み屋さんで食べたひと皿がお手本）、スモークサーモン、人参の塩もみサラダ（赤ワインビネガー）、鶏レバーの醤油煮（薄口醤油で作ってみた。保存容器に移し、なたね油をかけておいた）、ホタルイカのオリーブオイル炒め、ちらし寿司（カンピョウと干し椎茸の甘辛煮、真鯛とカンパチのヅケ、鱧《はも》の照り焼き、スモークサーモン、みょうが、大葉、いり卵）、ビール、チンザノ・ソーダ（ライム）。

デザートは安倍川餅、おいしいチョコレート（ヒロミさんにいただいたイギリス土産）、くるみのプラリネ（今日子ちゃん作）、紅茶。
四時くらいにお開きとなり、お見送りがてら六甲まで四人で歩いた。
坂を下っている間じゅう、海がずっと青かった。
八幡さままでお参りし、おふたりは「月森」さんへ。
私と中野さんは、そのまま水道筋商店街の方まで散歩。
商店街をどんどん行くと、王子公園駅まで続いていた。
また、同じ通りを引き返してきて、夕暮れの蒼い時間、河原に下りてひと休み。
川には大きな鯉のぼり（雄と雌が三匹ずつ）が渡してあった。
ふっさりと茂る黄緑色の葉に、淡黄色の小さな花が集まって咲いていた。
あれは何の木だったんだろう。
その木があちこちにあり、下を通るととてもいい匂いがした。
帰り道、山の斜面に建ち並ぶ家々の照明は、オレンジ、黄、クリーム色。
灯りゆく光を仰ぎながら、川沿いのゆるやかな坂をゆっくり歩いた。
そしてきのうは、三宮に映画を見にいった。
韓国映画の『タクシー運転手　約束は海を越えて』。
たまらなくおもしろかった。

しろ菜のくったり煮浸し
ちらし寿司
味噌汁（新玉ねぎ、新ワカメ）

悲しくて辛い場面も、切ない場面も、おかしくて笑ってしまう場面も、何度も涙が吹き出して困った。

映画館から出たら、街を歩いている人たちの声が韓国語に聞こえてきた。

中野さんに聞くと、「僕もです」とのこと。

夜ごはんは、フライの盛り合わせ（海老、プレスハム、新玉ねぎ、いんげん）、せん切りキャベツ、ポテトサラダ（胡瓜、玉ねぎ、粒マスタード）、スパゲティ（中野さん作）添え、新ワカメのポン酢醤油かけ、キムチ、赤ワイン、ご飯。

空も海も、こうして日記を書いているうちに、すっかり灰色にけぶってきた。

雨のせいで暗いのか、夕方で暗いのか分からない。

今日で黄金週間も終わり、明日からまた、いつものように仕事や学校がはじまる。

そんな、あきらめたみたいな、やけに落ち着いた空気。

私も明日は、「リンネル」の撮影だ。

夜ごはんは、しろ菜のくったり煮浸し、ポテトサラダ（きのうの残り）、ちらし寿司（冷蔵庫に入れていた残りを、室温に戻した）、味噌汁（新玉ねぎ、新ワカメ）。

五月七日（月）

降ったり止んだりの雨

たっぷり寝ておこうと思い、八時に起きてカーテンを開けたら、霧！

十一時に鈴木さん（編集者）と濱田さん（カメラマン）がいらっしゃったときには雨がおさまり、霧もずいぶん下の方へ行ってしまった。

でも、他の撮影をしているうちに、また出てきた。

いちめんの霧に、緑が透けている。

お昼ごはんは「かもめ食堂」のお弁当。

鯛の蒲焼き、鶏ひき肉と新玉ねぎのメンチカツ、ひじき煮（洋風の味つけ。じゃが芋とベーコンが少しだけ入っていてとてもおいしかった）、マカロニサラダ（カレー味）、人参のサラダ、小松菜の煮浸し（豚肉入り）、梅干し、たくあん。

茄子の肉巻きを、おまけでつけてくださった。

食べきれないくらいたっぷり。

お腹がいっぱいなまま食べ続けるのがもったいないので、少しずつお皿に盛り合わせ、とっておいた。

夜ごはんで食べようと思って。

ああ、おいしかったなあ。

部屋の中や私の動き、いろんなカットを撮影していただいた。

濱田さんからのリクエストで、屋上にも上った。

屋上は、ものすごいことになっていた。

どこもかしこも真っ白。

まるで雲の中にいるよう。

雨は降っていないのに、水滴に包まれている。

微粒の水蒸気に、触られるか触られないかぐらいの微妙さで、抱かれている。

とても気持ちがいい。

こんなのは生まれてはじめて。

撮影は二時くらいに終わった。

タクシーを待っている間も、濱田さんはまだあちこちにカメラを向けていた。

この方は本当に、写真が大好きなのだな。

カメラのレンズが自分の目で、まるでその目で被写体を見るように、淡々とシャッターを押してらした。

だから私は、撮られている感じがほとんどなく、おかげでちっとも硬くならなかった。

「かもめ食堂」のお弁当の残り
ポテトサラダ
具だくさんの味噌汁

夜ごはんは、「かもめ食堂」のお弁当の残り、ポテトサラダ、具だくさんの味噌汁（大根、豆腐、ワカメ、いんげん、キムチの汁）。


夜、中野さんからメール。

今日は中野さんの家の近所も、霧が出ていたそう。

霧の中、合羽を着てユウトク君とカタツムリ採りをしていたそうだ。

ユウトク君が持ちきれないので、かわりに持ってあげていたら、大きいのや小さいのが手の中で「ねしょねしょ」動き、細長い黒いうんちをしたとのこと。

カタツムリの殻は、半透明に透き通っていたそうだ。

「霧の中は、あんしんします」と書いてあった。

ほんと！

屋上で霧に包まれていたときの感じは、まさにそれ。

私も日記にそう書きたかった。

五月八日（火）
薄い晴れ

朝起きたら、体が怠かった。

お粥（かき卵）
梅干し（ミニちゃん作）
イカナゴのくぎ煮（りっちゃんのお母さん作）

きのうは撮影でくたびれていたはずだけど、寝苦しくてよく眠れなかったからかな……と思いながら、熱を計ると微熱。

そういえば朝方、寒気がしていた。

きのうの霧で体が冷えたのかな。

靴下を重ねばきし、腹巻きを腰の方までのばして巻いて、ずっと寝ていた。

朝、ヨーグルト（干しぶどうを混ぜた）だけ食べた。

水筒に黒砂糖を溶かしたお湯を作り、飲んでは眠って、眠っては飲んだ。

寝たり起きたりしている間に、お話（来年からはじまる予定の、新聞の連載童話）が動き出しそうになった。

この話は、二年ほど前に中野さんのうさぎの絵を見て浮かんだ、書きかけのもの。

枕もとのノートにメモをしては、また眠り。

また起きて、メモをとる。

今は夕方の四時。

三十七度五分あった熱は、六度五分まで下がった。

ずいぶんよくなってきたみたい。

夜ごはんはお粥（かき卵）、梅干し（「ｎｏｗａｋｉ」のミニちゃん作）、イカナゴのくぎ煮（「かもめ食堂」のりっちゃんのお母さん作）。

五月九日（水）晴れ

ゆうべは、とても強い風が吹いていた。

汗をいっぱいかいて、夜中にいちど着替えた。

今朝は、少しよくなっているような気がする。

でも、熱を計るとまだ三十六度五分。

私の平熱は五度四分くらいだから、まだ少し微熱がある。

それでも朝風呂に入り、髪を洗った。

出てきたら、ふらふらする。

背中や、体の節々も痛い。

どうしてもやらなければならない宿題をふたつだけやって、メールでお送りした。

お腹がすかないので、朝とお昼を兼ねたごはんは、お粥（ゆうべの残り）、レバーの薄口醤油煮、イカナゴのくぎ煮、大葉の醤油漬け。

冷蔵庫のポテトサラダをちょっとだけ食べてみた。

のどを通るとき、ヒヤッとする。

冷たいものがお腹に入ったり、水道の冷たい水に触ったりすると、身震いする。

これは風邪をひいている証拠。

今日も寝て過ごそうかと思ったのだけど、ベッドの上で買い物のレシート整理をはじめてしまう。

塩豚のゆで汁（冷凍してあった）に、いろんな野菜をころんころんと切って煮た。

具だくさんのスープにしようと思って。

とちゅうから、冷凍してあったほんの少しのひき肉に、ソーセージ・スパイスを加えて丸めたものも加えた。

なんとなく、元気になってきたみたい。

熱も下がった。

夕方、中野さんから電話。

きのうはユウトク君と夕飯にカレーライス（バーモントカレーの甘口）を食べ、雨の中合羽を着て、また虫採りにいったそう。

聞いているうちに、急にカレーライスが食べたくなった。

作りかけのスープにはだし昆布も入っていたのだけど、切手くらいの大きさに切り、カレールウを三片だけ加えた。

甘口カレーライス
らっきょう

うちのは中辛のバーモントカレーだから、はちみつもちょっと混ぜた。

なんだか、透明感のあるカレーができた。

とろみもちょうどいい。

ああ、とてもおいしいな。

とくに昆布と野菜類が。

お腹がすいたのは、風邪が治ってきた証拠。

しかもカレーが食べたいだなんて。

夜ごはんは甘口カレーライス（玉ねぎ、大根、キャベツ、じゃが芋、だし昆布、ミートボール）、らっきょう。

五月十日（木）
薄い晴れ

七時前に起きてカーテンを開けたら、海の向こうの建物に太陽が当たって白く光っていた。

窓の下の緑も光っている。

風が吹くと揺れ、もっときらきら光る。

きれいな朝だな。

なんだか、みずみずしいものがわき上がってくるような朝だ。

今朝は背中も節々も、痛くない。

やっぱり、あの痛みは微熱のせいだったんだ。

風邪のひきはじめだったのかもしれない。

でも、だんだんに年をとると、きのうみたいに痛いところが増えてくるんだろう。

うちの母が、どこかしらが痛いといつもぶつぶつ言っているのは、ああいう感じなのだな。

いやだなあ。

いやだけど、みんな平等に年をとっていくのだから、仕方がないなあ。

今日はとにかくレシートの整理をし、スイセイに送らねば。

午後には終わり、「あまから手帖」の原稿の推敲。

お送りしたところで、今朝届いていた『帰ってきた 日々ごはん④』のカバーまわりを開いた。

なんだか、ものすごいことになっている。

スイセイの「本作りごはん（『帰ってきた 日々ごはん①』を作っていたころの記録）」

も「解説ごはん」も一気に読んだ。

なーにこれ！　おもしろーい！

これは、爆発的なおもしろさ。

そのおもしろさには、突き当たりがない。

どこまでいってしまうんだろう……という感じ。

でもちゃんと、着地する。

スイセイは冴えているな。

『どもるどだっく』の制作にどっぷりはまっていたころのことだから、私の日記も揺れに揺れ、なんだかとても濃いものになっている。

カバー絵も、とんでもない。

こういうものを本屋さんに並べて、大丈夫なんだろうか。

『帰ってきた日々ごはん④』は、六月の末に発売予定だそう。

どうかみなさん、楽しみにしていてください。

夜ごはんは、じゃが芋入りパスタ（ホタルイカのオリーブオイル炒め、しろ菜、いんげん）、赤ワインの炭酸割り。

じゃが芋入りパスタ
（ホタルイカのオリーブオイル炒め、
しろ菜、いんげん）

五月十一日（金）晴れ

ぐっすり眠って五時半に起きた。

カーテンを開けると、とってもいい天気。

六時のラジオの天気予報で、「大阪は、陽の出から、きらきらと太陽が輝いています」と言っていた。

NHKの天気予報でこういうことを言ってもいいんだな。

女の人のアナウンサーの声も、心からの言い方でとてもよかったので、私は一字一句間違わないようメモをとった。

レシートの整理は終わったけれど、スイセイに伝える連絡事項をまとめて書類を作ったり、チクチクお裁縫をしたり。

今やってるのは、アムに貸してあげようと思っているパジャマのズボンのほころび直し。

ウエストにギンガムチェックの布を縫いつけ、足りない部分には、ハンカチの刺繍を切り抜いてつけ足した。

ピンクのチューリップの刺繍がワンポイント。

そして、ゆるんでいたゴムを通した。

かわいいのができた。

来週の火曜日から、いよいよエゾアムプリンのふたりが泊まりにくる。

一週間近く、いっしょに生活する。

それが楽しみでたまらない。

それにしても、早起きすると時間がたつのが遅いなあ。

まだ十時だ。

スイセイに送る書類をポストに投函しながら坂を下り、「MORIS」へ。

今日子ちゃんとしばしお喋り。

そのあと、予約していた絵本を図書館に受け取りにいき、産婦人科で子宮がんの検診も受けた。

買い物をたっぷりして、「MORIS」の冷蔵庫に入れさせてもらい、三宮の洋食屋さん「欧風料理もん」へ。

その前に、パイナップルを受け取りに、「フルーツパーラー紅萬《ベニマン》」に今日子ちゃんが立ち寄るのにも付いていった。

両方とも憧れのお店だし、アムたちが来たら、連れていってあげられるかもしれないから、道も覚えないと。

というわけで、夜ごはんは「もん」のオムライス、コロッケ（牛肉と海老）、味噌汁、サラダを注文し、ふたりで半分ずつして食べた。

「もん」は神戸の老舗らしい風格があり、お店の感じも古くて素敵。

オムライスがとくにおいしかった。

ふっくらと、おっぱいみたいに大きくて。

卵もとてもきめが細かく、でも、ふわふわし過ぎずに、ちょうどいいふわっとさ。

チキンライスもケチャップの味でごまかしていない、由緒正しい味。

ウエイトレスのおばちゃんたちも、いい味を出していた。

トンカツ（ヒレ）やビフカツもおいしいそうだから、また行きたい。

明日は、中野さんがいらっしゃることになった。

月曜日に編集者がうちにいらして、私とふたりで新しくはじめる絵本の打ち合わせをするので。

その翌日に、中野さんは東京へ。

入れちがいで、アムとカトキチが来る。

五月十九日（土）晴れ

ゆうべは雨の音を聞きながら寝た。

とてもよく眠れた。

アムたちが泊まっていても、まったく気にならず、深く眠れる。

きのうは一日中ものすごい湿気だった。

でもゆうべ雨が降ったし、強く大きな風も吹いていたから、今朝は空気が澄んで海の向こうの建物までくっきりと見える。

アムとカトが来てから今日で五日目なのだけど、楽しいことがいっぱいあって、まったく日記が書けなかった。

というより、正確に言うと書きたくなかった。

いつも「ふくう食堂」を開いてくださっている読者の方々には、本当に申しわけないのだけど、私はちかごろ、日記をあまり書きたくなくなってきているみたい。

その理由は多分こんなこと。

私はこれまで、日記を書いて公開することで、自分の実感を確かめてきた。

それは、自分が生きている世界の物語を書くような感じ。

そうしなければ、心細くて生きていけないような感じもあった。

でも今は、そういうことなしでも、安心して生きてゆけるようになりつつあるんだと思う。

そんな話をしていたら、「えー！　じゃあさ、高山さんが書きたくないんだったら、もう書かなくたっていいんじゃない？」とアムが言った。
私「えー！　そうなんだ。日記、やめてもいいのかなぁ」
アム「うん。いいと思う」

きのうは「暮しの手帖」の撮影だった。

編集の島崎さん、カメラマンの長野君、編集長の澤田さんも来てくださった。リーダーも東京から来て（前の晩は、三宮の親戚の家に泊まったのだそう）、アシスタントをしてくれた。

アムとカトは出かけるつもりだったのだけど、撮影の間もけっきょくずーっと一緒にいた。

たくさんたくさん楽しいことや、感じることも深くあったのに。

ほら、もう書けない。

実態がすごすぎて、言葉にするのがもどかしい。

困ったもんだなあ。

今日は、アムたちは先に出かけ、三宮で待ち合わせて、新長田という駅にある冷麺のおいしいお店へ行く。

それまで私はぎゅっと集中し、宿題をふたつ終わらせる予定。

五月二十二日（火）　晴れ

アムたちはきのう帰った。

海が見たかったので、私も一緒にポート・ライナーに乗って、神戸空港までお見送りした。

ふたりが泊まっている間、私はほとんど日記を書けなかったけれど、カトキチが毎日たくさん写真を撮っていた。

それをホームページの「アムプリン冒険！」に、アップしてくれるのだそう。

アムも何か書いてくれるみたい。

楽しみだなあ。

今朝から、いつもの私の暮らしが戻ってきた。

六時半くらいに起き、カーテンを開けて太陽を浴びた。

洗濯物も、屋上に干してきた。

今日やることは、「きょうの料理」のテキストの最終校正をし、鷲尾さんと電話でやりとりすること。

それが終わったら、『帰ってきた日々ごはん④』の最終校正。

コーヒーをいれ、ねじりはちまきでがんばった。

三時半くらいに坂を下り、宅配便を出しにコンビニへ。

締め切りに間に合ったー!

パン屋さん、「コープさん」で軽く買い物し、汗をかきかき坂を上って帰ってきた。

いつまでも、いつまでも、ちっとも暗くならない。

こんな時間は、アムとカトキチと窓辺に座り、南風荘ビール(「クウクウ」マスターが考えた、ビールのグレープフルーツジュース割り。グラスの縁には塩)を呑んだりしていたっけ。

アムちゃんはお酒を呑まないから、六甲のおいしい水(うちの水道の水)か、冷茶かジュースだったな。

今、海の遠くの方から、ひとつ、またひとつと灯りがついてきた。

夜ごはんは、赤ガレイの煮つけ(生姜、焼きねぎ)、グリーン・アスパラ(アムたちのお土産)のおひたし、納豆、浅蜊の味噌汁、ご飯。

赤ガレイの煮つけ
グリーン・アスパラのおひたし
浅蜊の味噌汁

焼き餃子
野菜スープ

五月二十三日（水）雨

ずーっと雨。

とても静かな雨。

とちゅうで霧が出てきた。

朝、「気ぬけごはん」の校正をして、ファクス。

それからはずっとチクチクお裁縫。

枕カバーを直し、Tシャツの丈を短くし、パジャマのズボンのウエストがほつれていたのを直し、テーブルクロスにチロリアンテープを縫いつけた。

合間に餃子のタネを作った。

ひと袋しか皮を買っていなかったので、急きょ粉を練って、皮を作った。

土曜日のお昼に、絵本の打ち合わせでつよしさんがいらっしゃることになったので、手作りの皮の方の餃子は冷凍した。

夜ごはんは、焼き餃子（十個）、野菜スープ（白菜、人参、ねぎ、一枚だけ残った餃子の皮を短冊に切って加えた）。

五月二十四日（木）晴れ

ゆうべは高山ベッドシネマで、『サイダーハウス・ルール』を見た。

やっぱり、とてもよかった。

どこをとっても大好きだった。

何度見ても、その好きな感触は変わらない。

でも、見るたびに新しい刺激があり、また別の感慨が浮かび上がってくる。

それは生きている今の私が、感じたいところを選び取り、絡み合わせながら見ているからだろう。

映画自体は変わらないのに、見る人の感じ方に寄り添い、形が変わる。

名作は、やわらかい。

これが名作のおもしろいところ。

そんなわけで、ゆうべは寝るのが十二時近かったから、起きられないかと思っていたのだけど、七時の柱時計の音でスイッと起きた。

とってもいい天気なので。

朝から洗濯大会。

朝ごはんの前に、屋上に干してきた。

寝室を掃除していたら、急に衣替えがしたくなった。

台所で、じゃが芋をゆっくりゆでながらやる。

「きょうの料理」の試作とお昼ごはんを兼ね、じゃが芋もちを作ろうと思って。

大きめのじゃが芋三個分で、じゃが芋もちが何グラムできるかを量ったり、ラップでくるんだ円柱形のじゃが芋もちの直径と長さを測ったり。

今日は風もなく、海が青い。

まだまだ明るい。

四時前に洗濯物をとり込みにいった。

物干しざおに袖を通した、ワンピースやTシャツをさおから抜き取っていると、胸もとに太陽が当たってじりじりする。

今、山の緑はとても深い。

むくむくむくむくしている。

普通の緑と、少し濃いめの緑、淡い緑。

ひとつひとつの木が、緑の山のミニチュアのように見える。

尖った山、丸い山、ひし形の山がいっせいに陽を浴び、きらきらむくむくしている。

東の空には白い半月。

茶わんによそったご飯みたいな月。
夜ごはんは、お好み焼き二種（アムたちの北海道土産のアスパラ、豚バラ薄切り肉、ウスターソース。淡路の新玉ねぎ、豚バラ薄切り肉、手作りマヨネーズ。これは今日子ちゃんがおすすめの組み合わせ）。

五月三十日（水）雨

明け方五時半くらいだったかな、雨が降ってきた。
降り出したときの音が、ちゃんと聞こえた。
パラパラパラパラ。
道路に当たるかすかな音。
音は、目をとじているときの方がよく聞こえる。
朝ごはんのパンをオーブンで焼いて食べ、その熱のまま、粘土細工を焼きはじめた。
焼き上がるのが楽しみで、おもしろくて、どんどん焼いた。
三回戦ほどやった。
粘土細工は、おとついうちで中野さんがこしらえたもの。
私が『きょうの料理』のテレビの打ち合わせをしていたときに、画材屋さんから帰り着くなり、二階の部屋で作っていた。

中野さんはきのう帰ったのだけど、置き土産みたいにたくさんある。

乾いたものから、オーブンで焼くのが私の役目。

『帰ってきた日々ごはん④』の最終稿の確認を、村上さんと電話でやりとり。

「暮しの手帖」のレイアウトについても、島崎さんと電話でやりとり。

メールを読んだり、返事を書いてお送りしたり。

雨は静かに降りつのる。

霧も出ている。

そんな一日。

『帰ってきた日々ごはん④』が、ついに今日で校了した。

二〇一五年後半の日々。いろいろなできごとや思いが重なり合った、びっくりするほど中身の濃い巻になったと思う。

私の日記だけでなく、スイセイの文章もたくさん挟まれている。

アルバムページは、はじめての絵本『どもるどだっく』ができるまでの記録をぞんぶんに。

なんだか、とてつもない本になった。

これもみな、あの激しい日々を本の形に起こすために力を尽くしてくださった、監督&デザイナーのスイセイと、アノニマ・スタジオのみなさんのおかげだ。

やれることはすべてやったので、あとは印刷所の方々にバトンタッチ。

そうしてまた、六月中旬過ぎには、日本各地の書店員さんにバトンタッチされる。

なんだかそんな、厳かな感じのする日。

どうか、みなさん、楽しみにしてください。

夜ごはんは、野菜たっぷりスープ餃子（白菜、人参、玉ねぎ、小松菜）、切り干し大根の和えもの（酢、ごま油、ワサビ、白ごま）。

五月三十一日（木）
雨のち曇りのち雨

ゆうべは月光が海に映り、湾が金色に光っていた。

そこだけ金の広場のようだった。

満月が過ぎたばかりの、ほとんど欠けていない月。

月が昇るにつれ、金色の広場は狭まる。

そうすると夜景がまた、輝きを増す。

野菜たっぷりスープ餃子
切り干し大根の和えもの

眩しいほどに。

寝るのが惜しく、ベッドの上にかしこまってしばらく眺めていた。

今朝は六時半に起きた。

あんなに煌々《こうこう》とした月だったから、雨の予報なのが信じられなかったのだけど、起きたらやっぱり雨。

来週は二日間にわたり（もしかすると三日かもしれない）、『きょうの料理』のテレビ収録がある。

朝も早いから、早起きのくせをつけようと思って。

今日から四日の間に私は、宿題の原稿書きひとつと、映画のコメントを仕上げ、お送りしよう。

台所の掃除をしたり、包丁を研いだり、買い物にいったりもしよう。

そうやって毎日少しずつ支度をし、やわらかい心で収録に向かおう。

ひさしぶりのテレビだから緊張してしまいそうだけど、関西のディレクターの女性がとてもいい感じの方なので、きっと大丈夫。

きのうは、コメントの仕事の映画を見た。

六歳の女の子が主人公の、『悲しみに、こんにちは』というスペイン映画。

最後、涙がいっぺんに噴き出した。

もう一度見ても、また同じところで噴き出した。

とてもとても、いい映画だった。

夏に、東京のユーロスペースで公開されるそうです。

さあ、私も宿題の作文をがんばろう。

書いているとちゅうに、バタバタと音をたて大雨が降ってきたかと思ったら、すぐ止んだ。

いちど晴れ間が出たけれど、また、静かな雨。

夕方にはすっかり止んだ。

なんだか今日は、肌寒いな。

夜ごはんは、オムライス（お昼ごはんの残り）、じゃが芋もち（コチュジャン、おろしにんにく、醤油を合わせたタレで）、スープ餃子（小松菜）。

オムライス（お昼ごはんの残り）
じゃが芋もち
スープ餃子

＊5月のおまけレシピ

じゃが芋もち

じゃが芋大3個　片栗粉大さじ1～2　にんにく　コチュジャン
醤油　ごま油　その他調味料（作りやすい分量）

この料理はもともと、「エゾアムプリン」のアムちゃんに教わりました。北海道の郷土料理でもあるらしく、町内の奥さんから手ほどきを受けたんだそうです。大きなすり鉢でつぶした大量のじゃが芋に片栗粉を練り混ぜるとき、奥さんの手の平が真っ赤になっていたという話が忘れられません。アムたちは「芋もち団子」と呼んでいました。片栗粉が多いほど、もちっとした食感になります。

サラダオイルやオリーブオイルで焼いて、塩をふりかけるだけのプレーンなのも大好きですが、ここではチヂミ風にごま油で焼き、韓国風のタレをつけて食べるレシピを紹介します。


じゃが芋は皮つきのまま鍋に入れ、たっぷりの水を注ぎます。強火にかけ、グラッときたら弱火にし、1時間ほどかけてゆっくりとゆでます。竹串がスッと通るようになったら、熱いうちに皮をむいてすり鉢に入れ、すりこぎでなめらかにつぶします。片栗粉を加え、粉っぽさがなくなるまで手で混ぜ合わせたら生地のできあがり。

台の上にラップを広げて包み、転がしながら直径6cmの円柱形に整えます。ぴっちりと包んだら、両端をキャンディーのようにねじって結んでください。冷蔵庫でしばらく冷やしてから、食べる分だけ1cm厚さに切ります。

フライパンにごま油大さじ1を強火で熱し、じゃが芋もちを隙間を開けて並べます。焼き色がつくまで火加減しながらジリジリと焼き、フライ返しでそっと返します。

油が足りなければ加え、弱火で裏面もこんがりと焼いてください。

おろしにんにく、コチュジャン、醤油を合わせたタレでどうぞ。
※生地は冷蔵庫で一週間ほど、冷凍庫で一カ月ほど保存できます。

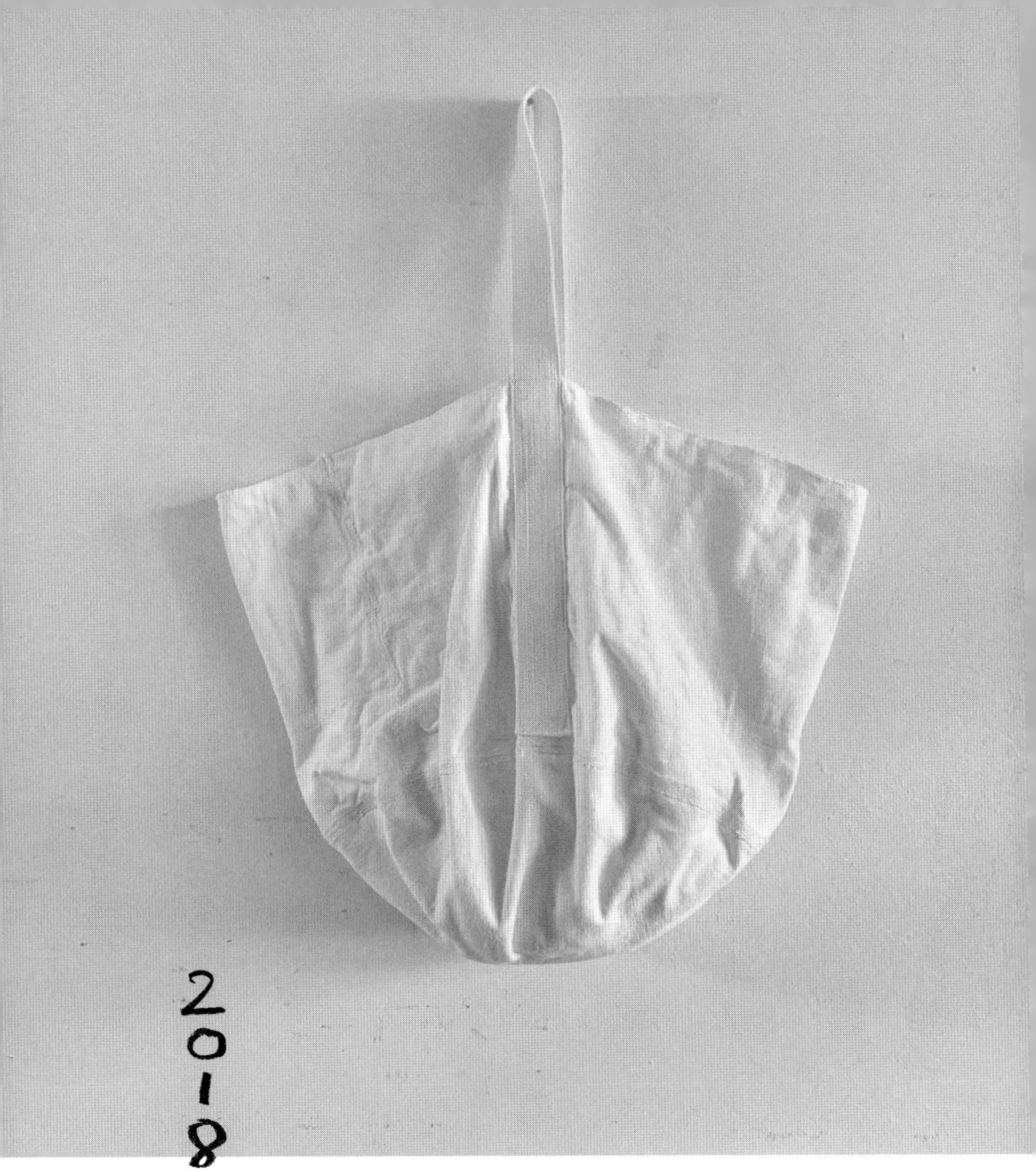

2018年6月

私はぐんぐん食べた。

六月一日（金）晴れ

今日から六月。

ひさしぶりに晴れたので、朝から洗濯大会。

映画の推薦コメントと宿題の作文を仕上げ、お昼過ぎにはお送りした。

台所を念入りに掃除したり、あちこち掃除機をかけたり。

海も空も青いので、つい立ち止まって見入ってしまう。

はっ！　となり、また気持ちが焦る。

ゆっくり、ゆっくりと、唱えながら動いた。

『きょうの料理』のテレビ収録の台本と、スケジュール表も送られてきた。

夕方、ディレクターさんと電話で長いお打ち合わせ。

いろいろ終わったので、夜ごはんは南風荘ビールを呑みながら作った。

ガパオライス（ゆで卵、胡瓜、トマト、みょうが、玉ねぎスライス、香菜、ねぎ）&南風荘ビール。

青い大海原と、行き過ぎるサンフラワー号を眺めながら食べた。

もう七時なのに、まだ海が青い。

ずいぶん日が延びたものだ。

六月四日（月）晴れ

ゆうべはとてもよく眠れた。

まだ明るいうちにお風呂に入って、夜ごはんを作って食べたら、くったりと眠たくなった。

掃除や仕込みも終わったし、テレビ収録の心構えも準備万端整ったから、ビールでも呑もうと思ったのに、半分も呑めず。

七時半にはベッドに入って、そのままことんと寝てしまった。

収録の前によく眠れるコツは、台本をちゃんと読まないこと。

一日目の撮影の流れだけを把握しておいて、当日の朝読み込めばよし。

これから八時半にメイクさんがいらっしゃり、今日は「めぐみの郷」へ今日子ちゃんと買い物にいく。

きのう中野さんから電話があったとき、その予定を伝えたら、「いつものままですね」と言われた。

ほんとだ。

いつものまんまだ。

その通りを撮ってもらえばいいんだ。

あ、ちょっとどきどきしてきた。

朝、メイクをしていただき、そのあとすぐに外での撮影。

お昼ごはんのお弁当は、鰯を買いにいった住吉のスーパーでみなそれぞれが食べたいものを買い、うちの床の食べたい場所に座って食べた。

今はこうしてパソコンに向かいながら、日記を書いているところを撮られている。

ラジオからは、吉幾三の演歌が流れている。

なんだか楽しい。

「また、書く。なんだか楽しい。また、書く」と、くり返し打ち込む。

撮影はなかなか終わらない。

六月五日(火)
薄い晴れ

きのうの収録は、七時半くらいに終わった。

朝の八時半から夜の七時半だから、十一時間。

撮っていただいた料理を、みんなで床に座って食べ(取り皿に一杯ずつのささやかなおかず)、八時半くらいに解散となった。

なんとなくお腹がいっぱいなので、夜ごはんは食べずにお風呂に入り、すぐに寝た。

お昼（「かもめ食堂」のおいしいお弁当）をしっかり食べておいたのがよかったみたい。

収録はとても楽しかった。

関西の人たちは、小さな冗談（おやじギャグみたいなの）を挟みながら、淡々と撮影していく。

時間をかけ、ていねいに。

決して焦らず、誰もピリピリしていない。

ディレクターさんを筆頭に、息の合ったとてもいいチームだ。

冗談は言っても、カメラがまわるとびっくりするほど空気が切り替わり、プロフェッショナルの技が光る。

窓からは青い海がのぞいているというのに、私がこしらえた申しわけないほど簡単なひと皿を囲んでみな床に座り、撮影したり、小さなレフ板の角度を微妙に変えたり、モニターをのぞき込んだり。

台所からその様子を見ていたら、うちがスタジオのようになっていて可笑しくなった。

中野さんが絵を描く場所（ベニヤ板が敷いてある）も、気づけば機材置き場になっていて。

のり巻き（昼食のお弁当の残り）
味噌ラーメン

なんだかみんなで合宿をしているみたいだった。

さて、今朝はメイクさんが八時にいらっしゃる。

そのあとで、アナウンサーの岩槻《いわつき》さんとスタッフたちもいらっしゃる。

岩槻さんにお会いするのは四年ぶり。

東京のスタジオで、ロシア料理とウズベキスタン料理の収録をした日以来だ。

今日は岩槻さんにお教えしながら、料理を作っているところを撮っていただく。

岩槻さんのことが大好きだから、私はきっと、緊張しないと思う。

そして、フードさんがすばらしい働きをしてくださるので、何でも相談できる。

とっても安心。

収録は、夕方五時に終わった。

スタッフたちが片づけをしている間に、明日使う新鮮な鯛を求め、ディレクターさんと住吉まで車で仕入れにいった。

けっきょく、六甲道の「コープさん」にちょうどいいのがあった。

みなさんが帰ってから、冷蔵庫に残っている鯛をすべて開き、パン粉をまぶしてフライ用に冷凍した。

じゃが芋もちの残りもひと口大に切り、フライ衣をつけて冷凍してみた。

夜ごはんは、のり巻き(昼食のお弁当の残り)、味噌ラーメン(もやし、ほうれん草、コーン、麺は半分)。

六月七日(木)晴れ

朝から大洗濯大会。

明日からまた雨だそうなので。

三日間の収録で使った布巾やタオルに加え、シーツ、枕カバー、パジャマも。

洗濯機を二回まわし、部屋干ししていたものも合わせ、屋上に三回干しにいった。

すべて干し終わったら、柱時計が十回鳴った。

生のトマト(切ったもの)がたくさん残っていたので、全部合わせてオリーブオイルを加え、トマトソースを作った。

トマトサラダにのせた玉ねぎもかまわず放り込んだら、煮ているうちにいい具合に溶けた。

鰯の残ったものは、きのうのうちに生姜と青山椒(きのう煮ておいた)で甘辛煮にしておいた。

鰯と一緒に煮た昆布は今日、小さく切ってやわらかく煮直し、佃煮を作った。

そのあとは掃除大会。

あちこち掃除機をかけ、念入りに雑巾がけ。

こうやって少しずつもとの暮らしに戻し、整えてゆく。

気が散るとパソコンの前に座り、「リンネル」の原稿を推敲。

スイセイに頼まれていた圧力鍋を梱包する。

庭の梅の実を煮るので、フィスラーの圧力鍋を返してほしいとのこと。

これは、明日発送する予定。

今日は、朝から夕方までめいっぱい動いた。

収録が終わって、いろんな人に「お疲れでしょう」と声をかけられたり、メールをいただいたりするのだけど、不思議なほど疲れていない。

三日間をかけ、余裕を持って撮影してくださったおかげだ。

そして、ディレクターさんをはじめスタッフたちがみな気持ちのいい方たちで、楽しかったから。

私は体も心も、ひとつも無理をせずにやれた。

本当を言うと、テレビ出演の依頼をいただいたとき、私はちょっと尻込みした。

なんとなく勇気が出なくて。

打ち合わせの日には、東京から矢内さんと鷲尾さんがはるばる応援にきてくださったりもした。

はじまるまでは不安でいっぱいだったけど、番組を作っている人たちの仕事の深みを知ることができた。

それが何よりもいちばんよかった。

メイクさんも、フードさんも、ロケバスの運転手さんも、撮影スタッフたち全員がそれぞれの職業の技術や知識を充分に持っていながら、ひけらかすような人がひとりもいなかった。

みんなすごいなあ、プロフェッショナルだなあと感じ入った。

もの作りの人たちの現場。私もその一部でいられることが嬉しく、幸せだった。

新しい人たちとのはじめての仕事は、勇気がいるけれど、ひとつジャンプをしてそういうことをお受けすると、これまで思ってもみなかったことを考えたり気づけたりする。

見たことのないもの、知らないことに出会えるのは楽しい。

私は自分の小ささを知ることが、いちばん嬉しいのかも。

それにしても、フードさんの繊細な視線と、素早く的確な動きを見ていたら、何も知らない私にウーロン茶のCMや映画やドラマの仕事をよく任せてくれたものだと、恥ずか

茄子のオイル焼き
肉野菜炒め
ほうれん草のおひたし

しくなった。

好きだという気持ちだけで、特攻隊のように突っ込んでいく私はきっと、たくさんの人たちに迷惑をかけただろう。

夜ごはんは、茄子のオイル焼き（みょうが、おろし生姜）、肉野菜炒め（豚肉、ピーマン、もやし）、ほうれん草のおひたし（ちりめんじゃこ）、鰯の甘辛煮、ご飯。

六月十二日（火）曇り

電車を乗り継ぎ、中野さんと大阪の信太山《しのだやま》にある「にじのとしょかん」へ行った。

そこは今年の二月に、中野さんが子どもたちと長い大きな絵を描いたり、のぞき箱の工作をするイベントを開いたところ。

古くて頑丈な建物の、懐かしい感じのするとてもいい図書館だった。

私は靴を脱ぎ、ぐるりと絵本が並んでいる畳の間に座り込んだ。

右まわりの棚は外国の作家、左まわりの棚は日本の作家。

あいうえおの名前の順に並んでいるらしい。

右の端から一冊一冊抜き出しては手にとり、好きな感じの絵だと開き、パラパラめくって読んだ。

そこにいると、絵本と私だけになれる。

ここには、私が通っている図書館にはない絵本がたくさんある。

吉祥寺の図書館でも見たことのない絵本。

あとでお聞きしたら、図書館員の佐藤さんと久保さんが選んで取り寄せ、並べているのだそう。

とてもかわいらしいお話をみつけた。

『ちいさなちゃいろいうし』という小さな絵本。ページにひとことずつこう続く。

せなかに
ぜんぜん
もようの　ない

ちいさな
ちゃいろい　うしが

うちの　うらにわに

すんでいるの

ちゃいろい　うしは　すべすべで

きれいな　つのが

ふたつ

おでこの　うえに　あるの

こっそり声に出し、くすくす笑いながら最後まで読んだ。

ほしいなあ、この本。

帰ったら、アマゾンで検索してみよう。

棚には『どもるどだっく』、『ほんとだもん』、『くんじくんのぞう』(借りられていて棚にはなかった) も置いてくださっていた。

サイズが大き過ぎて、本屋さんにはなかなか置いてもらえない『たべたあい』も、棚からはみ出す絵本を集めた場所にちゃんと立ててあった。

そのあと、佐藤さんが車を運転し、あちこちを案内してくださった。

信太山駅がある和泉市というところは、昔からの言い伝えがちゃんと残っている土地で、熊野街道（小栗街道）も通っている。

神社がいくつもあるし、道のそこここに小さな鳥居や社が目についた。

「にじのとしょかん」に行く前に立ち寄った「葛葉《くずのは》稲荷神社」が、古いままでとてもよかった。

「葛ノ葉」という白ギツネの伝説を、中野さんから前に聞いていたので、来てみたかった。

根もとから枝分かれしている、大きな楠が御神木。

姿見の井戸や、千利休の茶室跡、白竜を祀《まつ》った社など。

奥の方までいくつも並んでいる小さな社（目の神様、胃の神様、集金の神様、道案内の神様など）をゆっくり巡って歩き、気になる神様にお祈りした。

盛大に蚊に刺されながら。

佐藤さんの車で坂を上りながら「鏡池」と「聖神社」に向かっていたとき、ふり返ったら海がちらりと見えた。

あの海の向こうにある陸が、私の住んでいる神戸。

地図によると、ほとんど正面にあるらしい。

毎日眺めている対岸の地から、私が暮らしている場所を見ていると思ったら、なんだか体の軸がずれるような、うずうずするような感じになった。

夕食は、韓国家庭料理のお店に招待してくださった。

メンバーは佐藤さん、久保さん、文さんと小学一年生の息子の桜雲《さくも》君。

文さんは中野さんの保育士時代の同僚で、「空色画房」で開いた『どもるどだっく』の原画展にも、『ほんとだもん』の「ｎｏｗａｋｉ」の原画展にも来てくださった。

久保さんとは、従姉妹どうしにあたるのだそう。

そして久保さんは、『たべたあい』の「高浜市やきものの里 かわら美術館」でのイベントにも来てくださった。

おいしい料理はこれでもか、これでもかと、続々出てきた。

絵本を作るようにならなければ、そして神戸へ越してこなければ会えなかった人たちと、手をかけた心づくしのごちそうを囲む喜び。

私はぐんぐん食べた。

昔からずっと食べてみたいと思っていた九節板《クジョルパン》（もやし、胡瓜、人参、ピーマン、赤ピーマン、錦糸卵、海老を、丸い薄焼きの生地で巻いて食べる）、チャプチェ（太い春雨の）、海鮮チヂミ（鉄皿にのって焼きたてが出てきた）、ジョン（朝鮮南瓜、海苔、白身魚に卵液をからませ、フライパンで焼いたもの）、韓国風のり巻き（色とりどりの野菜がたっぷり）、骨つきカルビの焼き肉（大きな鉄皿にのって、ジュージューいいながら出てきた）、酢のものとナムルの盛り合わせ、鶏の丸煮（金だらいのような鍋で、丸ごとの鶏が煮てあった。あっさりとした塩味。鶏肉はほろほろとくずれるほどにやわらかく、新じゃがもよく煮込まれているのに、玉ねぎと長ねぎだけは軽く煮てあり、みずみずしいおいしさ）。

どれもこれも、本当においしかった。

佐藤さんは、中野さんや私のことを「先生」と呼ぶ。

まっすぐにこちらを見て、どんな話も真剣に聞いてくださり、濁りのない大きな声で、「すごいですねぇ」「すばらしいですねぇ」と、思い切りほめてくださる。

私からしたら佐藤さんの方がずっと立派で、先生みたいなのに。

なんだか佐藤さんにほめられたら、子どものころに通っていた教会の牧師さん、アベ先生のことを思い出した。

アベ先生はいつも、お腹からまっすぐ飛び出すような大声で、「おお！　なーみちゃん。大きくなったなあ。えらいぞお。いっぱい食べて元気、元気！」と言いながら、大げさなくらいにぎゅーっと抱きしめてくれた。

うちの家族も日曜学校の生徒もみんな、アベ先生のことが大好きだった。

熊みたいに大きく、身振り手振りも大きく、外国人みたいな喋り方だから、サンタクロースはアベ先生かもしれないと思っていたっけ。

六月十三日（水）晴れ

なんていいお天気だろう。

海も真っ青。

青い空、白い雲。

対岸（紀伊半島）にある、白く四角い建物らしきものまでよく見える。

きのう行った「にじのとしょかん」は、あのあたりにあるのかな。

佐藤さんも久保さんも、今日も朝からあそこで働いてらっしゃるのかな。

朝起きたら、なんだか無性に仕事をしたくなっていた。

寝ながらも、夢の中でもずっと考えていたので、絵本のテキストのよくないところが分かり、起きてすぐに向かった。

これは、おとつい見せてもらったできかけの絵本。中野さんが家で絵を描いた。

そのあとで、「暮しの手帖」のレシピの確認もした。

やる気がむくむくと湧いてきているのは、佐藤さんにたくさんほめられたからだろうか。

きのう私はなんとなく、担任の先生（自分は小学生）にほめられているような気持ちになっていた。

子どものころには先生にほめられたことなどいちどもないから、恥ずかしかったけれど、嬉しかった。

大人になって、編集者からいくらほめられることがあっても、そういうことは本気にしてはだめだと思っていたのに。

佐藤さんの声には魔法がある。

私がこうして日記を書いている今、後ろで中野さんが新しい絵を描いている。

カリカリコリコリと乾いた音がする。

一枚できるごとに、「できました」と中野さん。

「いいですねえ」と私が答えると、また次に進む。

部屋の中に涼やかな風が吹き抜ける。

海はますます青い。

夜ごはんは、南瓜（りうが送ってくれた）とマッシュポテトのグラタン（ベーコン、ホワイトソース、トマトソース、チーズ）、白いご飯（昆布の佃煮、行者《ぎょうじゃ》にんにく醤油漬け）、南風荘ビール。

六月十五日（金）
明るい曇り

朝ごはんのパンを焼いたあと、オーブンが熱いうちに中野さんの置き土産（新しくこしらえた粘土細工）を焼いた。

三回戦焼いて、ソーセージを作った。

来週はいよいよ、つよしさんとの絵本の打ち合わせがあり、ラフの絵を見せていただける。

編集の小野さんも、はるばる鎌倉から来てくださる。

小野さんは、奥さんの洋子さんを連れていらっしゃるので、ごちそうを作ろうと思う。

このところ涼しいいし、風もひんやりしているから、ソーセージを作るのには向いている。

今日は、「リンネル」の連載のことをぼんやり考えていた。

あと、つよしさんとの絵本のテキストを読み直し、新しいことに気づいたり。

夜ごはんは、鰯の甘辛煮、卵黄の醤油漬け、ちくわとほうれん草の塩炒め、チゲスープ（ゆうべの味噌汁にキムチとコチュジャンを加えた。じゃが芋、大根、玉ねぎ、人参）、白いご飯。

食べ終わったとき、夕陽が最後の光を放ち、海の向こうの建物をオレンジに染めていた。

鰯の甘辛煮
卵黄の醤油漬け
チゲスープ

それをじっと見て、ふと視線を上に動かしたら虹が出ていた。

大きくて太い虹の御柱《おんばしら》。

ちょうど煙突の上にあるので、そこから上っているみたいに見える。

見ている間にもどんどん濃く、太くなっていく。

赤も黄色も緑も紫もくっきりしている。

虹色の龍みたい。

虹が出ると、私はなんだかそわそわしてしまう。

写真を撮ったり、今日子ちゃんにメールを送って知らせたり。

落ち着いてひとりでじっと見続けることができない。

どうしてなんだろう。

六月十八日（月）晴れ

七時半を過ぎても寝ていたら、地震があり飛び起きた。

かなり大きい。

一瞬、どうしていいか分からなくなり、ベッドの下に頭だけ突っ込んでいたら止まった。

外で声がするので窓を開けると、犬を散歩中の近所の人たちも地震に気がついたようで、様子をみている。

下に下り、ラジオをつけたら、アナウンサーが慌てた声で、関西地方にこれから大きな地震がくると言っている。

さっきの大きい揺れのことを言っているのか、それともこれからさらに大きいのがくるのか。

どうしたらいいのだろう。

ラジオを聞いているうち、どうやらそうではないらしいことが分かってきた。

落ち着いてきた。

母から電話。

そのあと、今日子ちゃんからも電話があった。

「なおみさん、大丈夫ですか？　もう、いろんな方から連絡があったかもしれないですけど、ひとりだと心細いやろなあと思いまして」

落ち着いた、太い声だった。

朝ごはんを食べ終わったころ、ヒロミさんからもメールが届いた。

「なおみさん　おはようございます。大丈夫ですね。ねんのため、お風呂にお水をためてください。お手洗い用に必要です」

お風呂場に行き、すぐにその通りにした。

ふたりは神戸の大震災を過ごしているから、何というか、地震に対してお腹に重しが入っている感じがする。

今日子ちゃんとヒロミさんが近くにいると思うと、とても心強い。

スイセイからもメールが届いた。

「どう？　さすがにもう起きてると思うけど。地震、大丈夫だったでしょうか」

スイセイからは仕事以外のメールが届くことは滅多にないから、ちょっと驚いた。

東京の赤澤さんからも、いのいちばんにメールがあった。

小野さんからもいただいた。

地震速報によると、大阪の北の方が大変だったらしい。

被害が広がらないといいのだけど。

でも、ラジオはもう消した。

ずっと聞いていると、不安を煽られるような感じになるので。

さ、いつものように仕事をしよう。

お昼ごろ、カトキチからメールがあった。

夕方、「暮しの手帖」の澤田さんからもメールをいただいた。

ひとり暮らしだと、みんなが心配してくださる。

ありがたいなあ。

夜ごはんは、とっても変なものを作った。

南瓜とマッシュポテトのグラタンの残りを、耐熱皿の中央に島のように置いて、まわりにトマトを並べ、上からカレーをかけオーブンで焼いた。

カレーといっても玉ねぎ、ちくわ、キャベツを水で煮て、ルウを溶いただけ。

なんだかやけにおいしかった。

まだ明るいうちに、窓辺に腰かけて食べた。

お風呂にも早めに入ってしまう。

六月二十四日（日）晴れ

ベッドの上で体を伸ばし、お腹に手を当てて、まだ眠れる、まだ眠れる、と思いながら寝ていた。

体の奥から、眠たい液体がいくらでもしみ出してくるみたいだった。

もう充分に眠ったなと思って、時計を見たら十時半。

とってもいい天気。

すみずみまで晴れ渡っている。
さあ、洗濯をしないと！
今週はたくさんの人に会った。
小野さん、洋子さん、つよしさん、中野さん。
大阪の画材屋さんにも行った。
仕事の電話もメールも、いっぱいあった。
その間ずっと楽しかったのだけど、あんがい私はくたびれているのかも。
柱時計が八時十三分で止まっている。
ゆうべ寝るときには、すでに止まっていたのかな。
でも、止まったままにしておく。
針を合わせるには、九時で九回、十時で十回鳴らし続けないとならないので。
今日は、ぜんぶ休みにしよう。
洗濯の他は何もしないぞ。
今週は、絵本週間だった。
そのことを少しだけ書こうと思う。
つよしさんと小野さんとの絵本は「つ」、中野さんとの新しい絵本は「な」と呼ぶことにしよう。

「つ」は、小野さんのおかげで、テキストも台割もほとんど定着した。

あとはつよしさんの絵を楽しみに待つばかり。

絵ができたら、また動くのだろうけれど。

それも含めて、とても楽しみ。

「な」は、中野さんが新しいラフ（絵本の形になっている）を描いて持ってきてくださったので、つよしさんたちとの打ち合わせの翌日から、自然と絵本合宿のようになった。

新しいラフを見たら、微妙に言葉が変わり、翌朝、前の方にあった絵が後ろのページに移動した。

そのことで流れや意味も新しくなるから、絵につく言葉も変わり。

そしたら中野さんの絵も変わることになり。

そういうやりとりを、お互いに一定の距離を保ちながら、連歌のようにやっていた。

それはとても楽しく刺激的な時間なのだけど、お腹の底にある泉は落ち着いて、しんと鎮まっている。

何かが動くとかすかに波立って、泉が教えてくれるような。

そんな感じ。

絵は、これからまだまだ変わるかもしれないと、中野さんはおっしゃる。

「な」のテキストは、去年の秋に私が書いた。

たしか、台風の日に。

その時点で成るべき絵本の姿は、すでにできていたのかもしれないなあと、なんとなしに思う。

ただ「な」は、土の中に埋まっているので、私にも中野さんにも姿がまだ見えていない。

まず、それを掘り起こすことからはじまって、かぶっている土を、少しずつ手で払い落とす。

中野さんが払いかけているところを私が見て、自分の持ち場を確かめる。

こんどは私がやり、それを中野さんが見て確かめる。

おかげで、うっすらと姿が現れかかっているような気がする。

そういう段階までやり終え、中野さんはきのう、夕方四時くらいに帰った。

体を動かしたかったので、私も雨上がりの道を下ってお見送り。

パン屋さんと「コープさん」で買い物し、坂を上って帰ってきた。

絵本は、自分でテキストを書いているのだけど、自分の力だけで作っているという感じがしないところが好きだ。

夜ごはんは、豆腐と卵の雑炊（ゆうべの残り）、南瓜（りうの）とピーマンの含め煮、胡瓜&味噌。

胡瓜がおいしくなってきた。

それは、切ったときに跳ね返る感じで分かった。

夏がやってこようとしている。

六月二十八日（木）
曇りのち晴れ

一時ちょうどに、「暮しの手帖」の島崎さんがいらした。

打ち合わせはお昼ごはんを食べてから。

きのうこしらえた牛肉のしぐれ煮があったので、刻んだねぎとごまを炒ったのを加え、混ぜご飯にした。

あとは、最近気に入っている、ウー・ウェンさんの茄子炒め。

皮をむいて棒状に細長く切り、水にさらしたのをごま油で炒め、味つけは塩をほんのひとふり。

ほどよく油を吸って透き通り、くったりと炒めてから最後に塩を加えると、水っぽくならなくてとてもいい感じ。

この間、小野さんたちがいらしたときには、先に生姜を炒めて香りを出したけど、茄子だけでも充分においしい。

すごいなあこのレシピ。

むいた皮がもったいないので、細く切って塩もみし、梅干しと梅酢を合わせたらしば漬けのようになった。

独特な歯ごたえがあり、とてもおいしい。

茄子の皮はアクが強いので、塩もみをしてから水で軽く洗い、キュッとしぼったのがよかったみたい。

もう一品は、キャベツと人参の塩もみサラダにくずした豆腐をのせ、黒酢玉ねぎドレッシングをかけたもの。

食後にコーヒーを島崎さんがいれてくださって、打ち合わせ。

企画内容についてお喋りしているうち、気づいたら三時だった。

朝は霧に包まれて山の天気みたいだったのに、いつの間にやら雲が流れ、晴れ間が出てきた。

海が青い。

なので、窓辺に移動して続きの打ち合わせ。

終わってから、ビールを呑んだ。

つまみは柿の種。

ああでもないこうでもないとお喋りしながら、すべてが企画内容につながっているような感じだった。

四時を過ぎてもまだ海が青くて。

お見送りがてら、てくてく歩いて坂を下り、阪急電車に乗って王子公園の豚まん屋さんに行った。

けれど、〝売り切れごめん〟でシャッターが閉まっていた。

残念！　また来よう。

せっかくなので、水道橋筋の商店街をふたりでぶらぶら散策。

果物がとても安かったので買った。

私は小さな桃と、キウイと、有田（和歌山県）産のオレンジ。

島崎さんはサクランボと、アメリカンチェリーと、同じくオレンジ。

商店街で、「高山さんですか？」と声をかけてくださった方がいた。

「暮しの手帖」も、とても楽しみに読んでいるとのこと。

近所に住んでいるので、いつかお会いできるかもしれないとずっと願っていたのだそう。ありがたいなあ。

その方とは握手して別れたのだけど、島崎さんもとても嬉しそうだった。

「ふだん、雑誌を作っているばかりで、読者にお会いする機会がないから、本当に嬉しかったです。よかった、ここに来て」と。

そのあと王子公園駅まで歩き、島崎さんはタクシーに乗って新神戸へ向かった。

六甲に戻ってきても、まだ空が明るかった。

お昼をしっかり食べたから、あまりお腹がすいていない。

東南の群青の空に、大きな朱い満月がぽっかりと浮かんでいる。

お風呂のお湯をためはじめていたのだけど、今しか見られないから、肘かけ椅子にどっかりと座りじっと見た。

雲に覆われて見えなくなるまで。

お風呂から出たら、もう雲に隠れていた。

でも、真下の海が金色にさざ波立っていた。

見えなくても、月はあそこにあるのだ。

夜ごはんはヨーグルト（桃、りんご）。

六月二十九日（金）

雨のち曇り
わ、晴れてきた。

さっきまで、大雨だったのに。

空の高いところは水色で、真っ白なすじ雲。

ソーダ味のアイスみたいな配色。

玄関を開けて通路に出てみると、きのうみたいに山の上の方から霧が下りてきている。

海側は晴れているのに。

不思議なお天気だ。

きのうも同じような感じだったけど、今日の方が晴れ度が高い。

さっき、ラジオのニュースで関東地方が梅雨明けしたと言っていた。

梅雨明けというのは、西の方から順番にやってくるものと思っていたのだけど、そういうことでもないのだな。

緑の葉の枝先だけに、クリーム色のような、白いような黄緑がかった葉が集まっている木が窓から見える。

上から見ると葉っぱのように見えるのだけど、近寄ると小さな小さな花が集まって咲いている。

私はこの木が大好き。

なんか、花らしくない匂いがする。

蝶々の鱗粉のような、植物が吐き出す粉のような、いい匂い。

さて、今日から宿題の文を書きはじめよう。

「言葉」についてのコラムだ。

四時ごろ、頭が詰まってきたので散歩に出た。

雨上がりの坂道に、ピンクの夾竹桃《きょうちくとう》がちらほら。

今年もまた咲きはじめたのだな。

坂を下りているとちゅう、「リンネル」連載の作文で書きたいことが浮かんできた。

帰ってきて続きを書いていたら、雨が降りはじめた。

しっかりとした雨。

海も建物も真っ白だ。

夜ごはんは、ラーメン（冷凍しておいたいつぞやの餃子をゆでてのせた。お昼に蒸して食べたとうもろこしをほぐしておいたもの、ねぎ）、キャベツとピーマンの塩炒め。

まだ明るいうちにお風呂に入ってしまう。

ラーメン
キャベツとピーマンの塩炒め

風呂上がりに窓を明け、暮れゆく海を眺めた。

透き通るような水色とオレンジ色のだんだら模様のこの空を、何色と呼べばいいんだろう。

ラジオからはマーラーの交響曲。

「言葉」についての文は、書けたかも。

六月三十日（土）
晴れ、夕立

カラッと晴れ渡っている。

朝からずっと、きのう書いた「言葉」についての作文。

何度も読み直し、ああでもないこうでもないと書き直し、頭をめぐらせていた。

きのう書けたと思っていたのだけど、まだまだだった。

このごろ私は、文の書き方が変わってきたかもしれない。

頭や心にある、目に見えない「ふわふわ」したものに言葉を選んでつけていくのだけれど、その選び方に広がりができ、少し自由になったような気がする。

これまでは、「自分らしくないから、使わない言葉」というものに縛られていた。

そもそも、自分らしいって何？

言葉って、言いまわしって、自分を何重にも上まわるほど、もっともっと柔軟だ。

できたかなと思っても、いちばん言いたいことについてさらに書き込んだり直したりを続けていくうちに、何かと何かが反応し、言葉の響き、文法、句読点など、すべてがようやくぴたりとくる感じがやってきて、どうにか「ふわふわ」と同じ（というか、近い）ものになる。

その作業がとてもおもしろい。

これって、絵本を作っているときと同じ感覚なのかもしれない。

青空に入道雲がもくもくもくもく。

天の高いところまで積み重なっている。

ソフトクリームみたい。真夏の空みたい。

窓辺に立ったら、郵便屋さんがいた。

何か届いているかも。

下りてみた。

あぜつさんから本が送られてきていた！

『きげんのいいリス』だ。

混ぜご飯
茄子のオイル焼き
モズク酢

おとつい本屋さんで見て、長山さきさんの次の訳の本が出たんだな、欲しいな、買おうかなと思っていたのだ。

今、雷が鳴った。

気づけばさっき入道雲があったところが、灰色の雲に覆われている。

対岸は灰色にさざ波立ち、すでに雨が降っているみたい。

大きな大きな突風。

これはもう、ぜったいに雨がくる。

きたきた、大粒の雨だ。

雹《ひょう》みたいな音。

窓に打ちつけ、水槽のようになっている。

さっきの郵便屋さんは、どこかでちゃんと雨宿りできているだろうか。

雨はひとしきり降って、止み、雨雲もウソのようにかき消され、水色の空と白い雲がまた現れた。

灰色の世界が、風で吹き飛ばされたみたい。

夜ごはんは、牛肉のしぐれ煮の混ぜご飯（島崎さんと食べた残りをせいろで温め直した）、茄子のオイル焼き（かつお節、七味唐辛子、醤油）、モズク酢（胡瓜）、茄子の皮のしば漬け風。

＊6月のおまけレシピ

牛肉のしぐれ煮の混ぜご飯

牛肉のしぐれ煮：牛コマ切れ肉150g　生姜1片　山椒の佃煮
酒　醤油　みりん　その他調味量（作りやすい分量）
混ぜご飯：牛肉のしぐれ煮　青ねぎ　いりごま　ご飯（2人分）

牛肉の甘辛いしぐれ煮は日持ちがするので、冷蔵庫にあると嬉しいおかず。生姜を切らしているときには、粉山椒や黒七味を仕上げにふりかけて風味をつけます。コチュジャンを小さじ1ほど加え、韓国風のしぐれ煮にするのもおすすめ。日記にも出てくるように、大豆を炊き込んだおにぎりにのせ、大葉や焼き海苔に包んで食べるのです。

夏には枝豆やとうもろこし、きゅうりの塩もみ、みょうが、大葉を刻み入れ、大皿に盛ってみてください。彩り豊かになって、家族やお客さんに喜ばれます。


では、まず牛肉のしぐれ煮の作り方から。

牛肉はひと口大に切り、生姜は皮をむいてせん切りにします。

鍋に酒、醤油各大さじ2、みりん大さじ1と½、きび砂糖小さじ1を合わせて強火にかけ、スプーンで混ぜながらひと煮立ちさせたら牛肉を加え、菜箸でほぐしながら煮ます。

肉の色が変わってきたら、生姜と、あれば山椒の佃煮を加え、煮汁がなくなるまで炒りつけます。


混ぜご飯は、温かいご飯をボウルに入れ、しぐれ煮を適量加えて合わせます。小口切りの青ねぎ、いりごまを好きな量だけふりかけてしゃもじでさっくり混ぜればできあがり。
※この混ぜご飯は、紅生姜がとても合います。

＊このころ読んでいた、おすすめの本

『絵本の作家たち』編／小野 明　平凡社

『びっくり たまご』作／レオ・レオニ　訳／谷川俊太郎　好学社

『佐野洋子の「なに食ってんだ」』
　佐野洋子　編／オフィス・ジロチョー　NHK 出版

『木皿食堂③　お布団はタイムマシーン』木皿 泉　双葉社

『あさがくるまえに』 文／ジョイス・シドマン　絵／ベス・クロムス
　訳／さくまゆみこ　岩波書店

『街と山のあいだ』 若菜晃子　アノニマ・スタジオ

『夏のかんむり』 片山令子　村松書館

『きりのなかのかくれんぼ』 文／アルビン・トレッセルト
　絵／ロジャー・デュボアザン　訳／片山令子　復刊ドットコム

『ブリキの音符』文／片山令子　絵／ささめやゆき　アートン

『ここすぎて水の径』石牟礼道子　弦書房

『ちいさなちゃいろいうし』
　作／ビジョー・ル・トール　訳／酒井公子　セーラー出版

『きげんのいいリス』作／トーン・テレヘン　訳／長山さき　新潮社

映画だけれど……

『悲しみに、こんにちは』脚本・監督／カルラ・シモン（2017 年　スペイン）

あとがき

きのうは窓辺に椅子を寄せ、猫森の緑を見ていました。とっても風が強かったので。

今の季節、若葉はいろいろな色があり、どの木も枝を隠す勢いでむくむくもくもく膨らんでいます。それが大風に身をまかせ、束になって揺れるのです。予想のつかないダイナミックな動き。

急いで冷蔵庫から缶ビールを出してきて、続きを眺めました。つまみはワサビ味の柿ピー。ここでの私の生活も、もうじき六年目に入ります。

『帰ってきた 日々ごはん⑨』は、神戸に移住して三年目の冬から初夏にかけての記録。

この年の冬は雪がしょっちゅう降り、お天気雪が舞うのを窓からよく眺めていたっけ。

二月、木皿泉さんとのトークイベントで東京に行く私に、「気をつけて帰ってきてくださいね」と、「かもめ食堂」のりっちゃんからメールが届きます。

「そのひとことが、なんだかとても嬉しかった。『行ってきて』ではなく、『帰ってきて』。そうか、私は神戸の住人で、神戸にまた帰ってこられるのか」（二月十一日の日記より）

ここに来てよかったのだな。

少しずつ強くなって、自信がついてきている私。

外の世界に出かけ、誰かと交わることで階段をひとつ、またひとつと上っていっている。

ひと月後にはまた上京し、『たべもの九十九』の展覧会を開きます。そうして、トークイベントにふらっとやってきた親戚の翔を連れ、沖縄へ。本当をいうと、新しい世界に出会ってほしくて翔を連れ出したのに、けっきょく私の方こそが沖縄と出会い直してしまいました。

沖縄は本当に、言葉にできない旅でした。

改めて読み返してみても、日記にはちっとも表せていません。帰ってきた翌朝、満月の絵の四つん這いの女の子と目が合って、涙が噴き出したときのことも、『帰ってきた 日々ごはん④』のあとがきにはとうとう書けずじまい。でも、言葉に収まらない気持ちを抱いたまま毎日を生きていくのも、それはそれで豊かなことのように思えるのです。

本の中に何度か出てくる中野さんの大きな絵は、翌年の春、満を持して『ミツ』という絵本になりました。そして『ミツ』の原画は、第二十八回「ブラチスラバ世界絵本原画展」の日本代表に選ばれたそうです。

捨て猫のミツと中野さんが学生時代に住んでいた、富田林の古いアパートを尋ねたときのことも日記には書けませんでした。

それは、ちよじのお母さんに偶然会えた日でもありました。

ちよじの実家が、富田林でお米屋さんをやっているというのは知っていたけれど、中野さんのアパートはその家から路地を一本挟んだ真裏にありました。

ひと昔前に（『日々ごはん④』を遡ってみたら、二〇〇三年九月二十九日の秋晴れの日でした）、それまで会ったこともかかわったこともなかったちよじが、たったひとりで吉祥寺の家にやってきて、スイセイと三人でしばらく暮らしたこと。その後、「クウクウ」で働いていた私の弟分のようなヤーノと結婚し、くんじが生まれて、『くんじくんのぞう』という絵本もできたこと。

私は勇気を出して、ちよじのお母さんに「スイセイとは、別々の道を歩むことになりました」と伝えました。

そのときお母さんは、きっぱりとこう言ったのです。きらきらした目で、私をまっすぐに見て。

「私はええと思います。生きてるって、そういうことやありませんか？　なんやかんや言う人がおっても、堂々としてはったらええねん」

つよしさんとの絵本「つ」『ふたごのかがみ　ピカルとヒカラ』はこの日記の二年後の春に、中野さんとの絵本「な」は、今年二月に

『みどりのあらし』として刊行されました。

日記を読み返しながら、『みどりのあらし』の制作がはじまったばかりのころのことを思い出しました。あのころはまだ、どこの出版社から出していただけるのか決まっていなくて、ふたりで勝手に作りはじめていました。物語の種が生まれたときのことは『帰ってきた 日々ごはん⑧』に書きました（170ページ）。ご興味のある方は、どうぞ読み返してみてください。

「つ」も「な」も、母が心待ちにしていた絵本。完成するたびまっ先に祭壇に供えていたので、きっと天国で読んでくれていることでしょう。

それから、二月二十四日に見た朝の海の情景は、「神戸《かみのと》」という詩になり、筒井大介君が編んだ、東日本大震災をめぐる絵本作家たちの『あの日からの或る日の絵とことば』に寄稿しました。

この本は、母の病気がみつかる直前にできました。

あっという間に読み終えたらしい母からの感想が、ファクスでカタカタと届いたのも、懐かしい思い出です。

「ただいま、茜色の雨を見ながら夕食を食べているところ……あ、もう暗くなってきた。なおみちゃん、面白い本をありがとう。三十二人の絵本作家のひとりとしてあなたがいるということは、人生の中で、母さんとあなたが、あやとりしているみたい。母さんより」

きのうの窓から見た緑と、あの日に見えた神戸の海へ。

「神戸」の後半部分をここに引用し、あとがきのしめくくりとさせてください。

このあいだ
二階の窓から 双眼鏡で 小鳥を見ていて
ふと 後ろに見える 遠くの海の
金色に 光っている ところを 見たらね。
ほら
朝の早い 時間は

太陽が 低いから
海も そこだけ 金色なんだよ。
そしたら 太陽（雲に うっすら隠れている）と
海の間に
金の粉が ちら　ちら　ちら　ちら
降っていたの。
たくさんではなく
舞う
というより
降っていた。
びっくりしたー！
目では 見えないんだけど
双眼鏡だと 見えるみたい なんだよ。
でもね
金の粉が　ふるの
それからは　いちども みたことが ない。

最後になりましたが、心の目でファインダーをのぞいたような澄み切った写真で本を飾ってくださった、「ｓｕｎｕｉ」の冨沢恭子ちゃん、ありがとうございました。

布作家の彼女は、「クウクウ」がまだ吉祥寺にあったころからの若い友人。東京の空と神戸の空。私の日々と、彼女の日々。お互いの瞳に映った色やそのときの気持ち。なんだかこの本を通して、恭子ちゃんともあやとりしているみたいです。

二〇二一年四月　緑が光る、すがしい日に

高山なおみ

◎　スイセイごはん

「なにぬね野の編　4」

うちの集落は、低山が南を向いて腕組みをしたその懐の中にある。全十数戸、すぐにみんなと顔なじみになるような可愛らしい規模の集落だ。

ここの人たちは代が変わっても家系は変わらず、ここに根ざして住み続けている。

その昔、この集落ができたときから、集落を構成する家系はおそらくほとんど変わってないのだろう。

その証しになるだろうか、2つの名字だけで集落の3分の2世帯を満たす。

「　兎追いしかの山　小鮒釣りしかの川

夢は今もめぐりて　忘れがたき故郷　」（唱歌「故郷」より）
ここに、兎はいないがイノシシやシカがいる。
小鮒はいないが、ホタルを見かけたことがある。
はたして、ここの人たちは、この歌を実感を持って聴くのだろうか。

そして、片やおれ。

生まれてこの方、おれは、どれだけの引っ越しをしただろうか。

広島市で生まれて物心つくまでに、同じ市内ながら数回引っ越しをしていた。

物心ついてからは、自分の望みで広島を離れて東京に住んだ。

自分が生まれて育った場所に、さほど頓着しなかった。

故郷がまるで自分の体内にしまわれてるからかのように、故郷の土地から離れることは平気だった。

東京の中でも、そのときどきの自分の都合に合わせて何度か引っ越しをした。

「終の棲家」などということを、意識したことはなかった。

おれは、昭和の戦後、日本が産業で大きく発展した時代の子だ。
父母が四男四女ということも無関係じゃないだろう。
自分の食い扶持を稼ぐために、田舎の実家を離れて街に働きに出たことは想像できる。
ちょうど、おれが生まれたころ、世では高度経済成長が始まった。
大きな企業が、大勢の労働者を集めた。
大きな工場で同じ製品を大量に生産した。
大量の製品は、大勢の労働者が買った。
大勢の労働者は、同時に大勢の消費者だった。
そういう時代だ。
田舎から人が減った分だけ、都市に人が溢れた、と。

そうして、おれは自分の半生を過ぎてから、今の集落にやって来た。
どうしてこの場所だったのか。
それは、この集落の人たちに申し訳がない、ひょんな成り行きとでも言おうか、どうしてもこの場所がいいと選んだわけではなかった。

机上にリストを並べて選んだようなドライな決め方だった。

とまー、いろいろあったが、なんとかこの集落に入り込み、ズーっと前から、ここの一員であるかのような顔をして暮らしている。

まわりに大きいビルがないからか、時折りとても強い風が吹いて、古家を揺らす。

この前は、車庫のトタンが剥がれて隣地にまで飛ばされたのを、お向かいさんが教えに来てくれた。

どうも、ありがとうございます。


その昔、人間の足には根っこが生えていて、地面とつながっていた。

地面は山とつながり、山は空とつながっていた。

空は地球を一巡りしてから、人間の中に吸い込まれた。

世界は、自分の体だった。

世界は、分けることができない一つだった。

その峠まで行かないと　つぎの道は見えてこない　２０２１年　スイセイ

スイセイ、そして落合郁雄工作所
発明家・工作家。広島市生まれ。

２００２年、ホームページ「ふくう食堂」創業。

２００３年、家内制手個人工業「落合郁雄工作所」起動。

２０１６年、高山なおみとの共著書『ココアどこ　わたしはゴマだれ』（河出書房新社）。

現在、山梨にて自然を含めた工作の試み「野の編」展開中。

公式ホームページアドレス　http://www.fukuu.com/kousaku/

高山なおみ 日記もの 年表 2002〜2021年

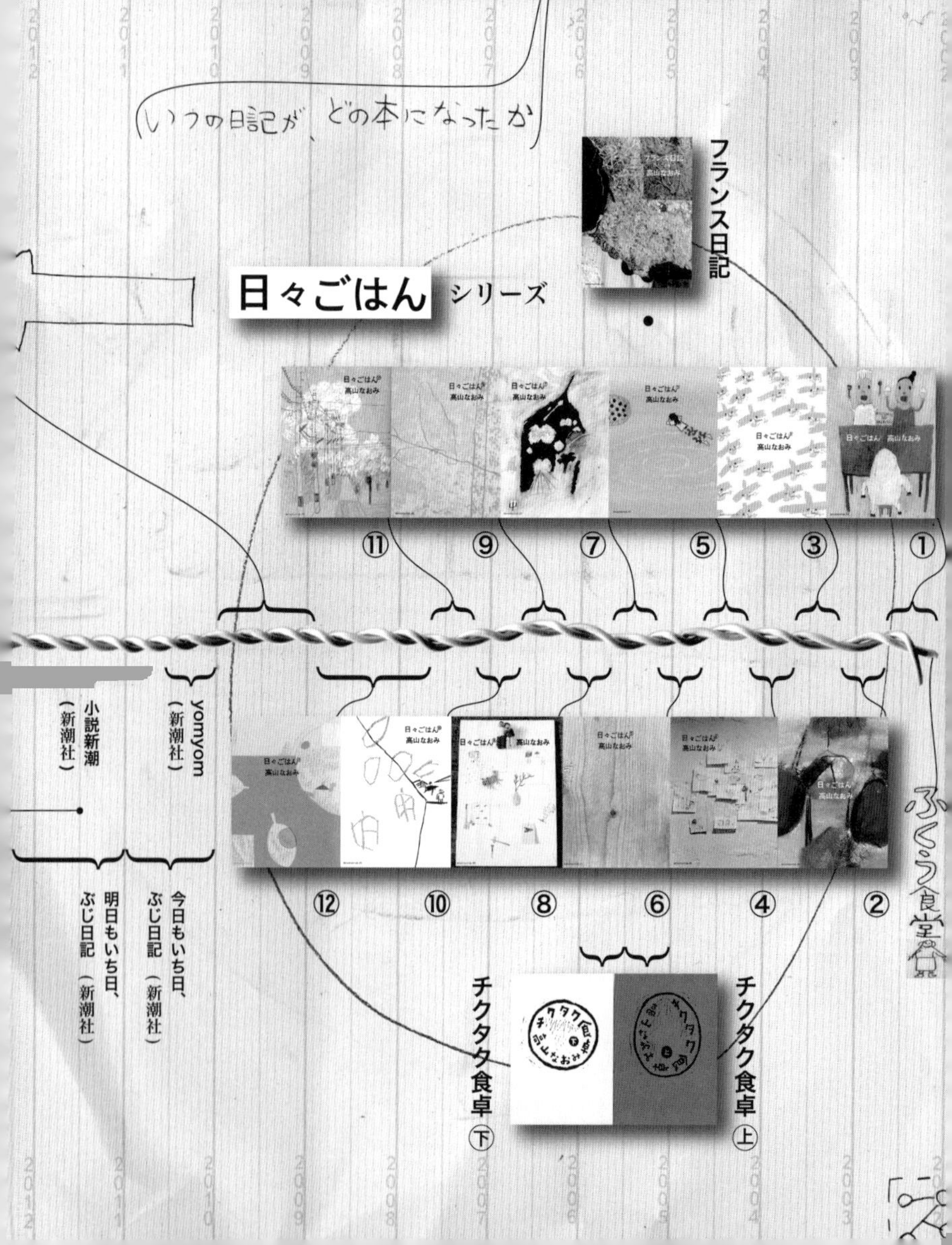

2022 2021 2020 2019 2018 2017 2016 2015 2014 2013

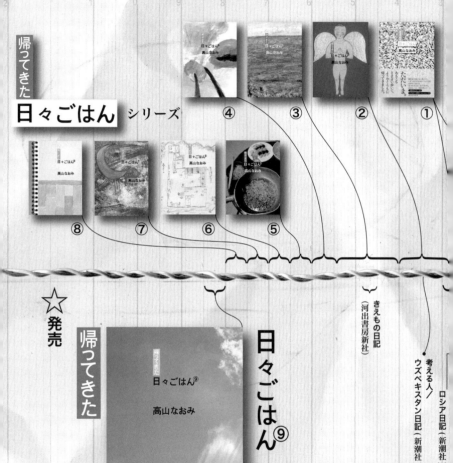

帰ってきた

日々ごはん シリーズ

④ ③ ② ①

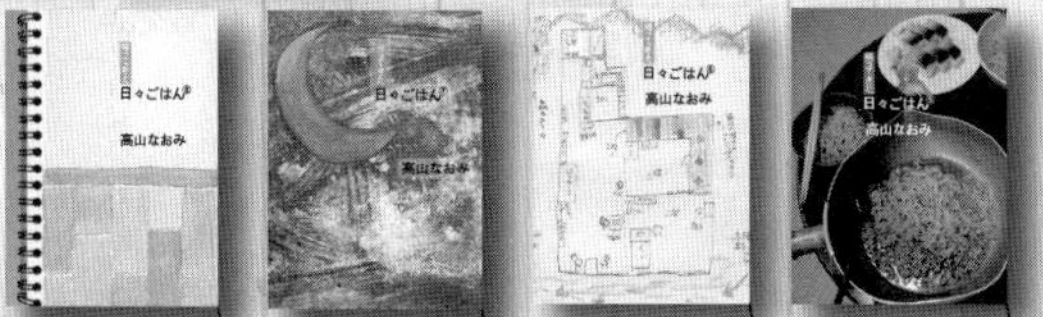

⑧ ⑦ ⑥ ⑤

☆発売

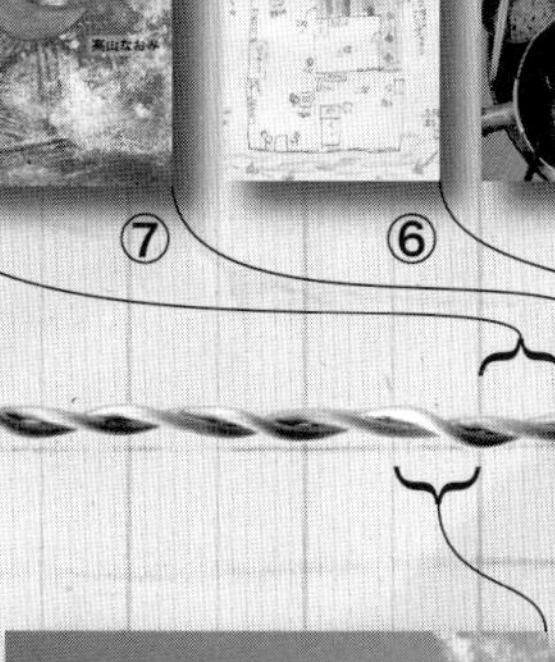

帰ってきた

日々ごはん⑨

きえもの日記（河出書房新社）

考える人／ウズベキスタン日記（新潮社）

ロシア日記（新潮社）

2022 2021 2020 2019 2018 2017 2016 2015 2014 2013

本書は、高山なおみ公式ホームページ『ふくう食堂』に掲載された日記「日々ごはん」（2018年1月〜6月）を、加筆修正して一冊にまとめたものです。

高山なおみ　1958年静岡県生まれ。料理家、文筆家。レストランのシェフを経て、料理家になる。におい、味わい、手ざわり、色、音、日々五感を開いて食材との対話を重ね、生み出されるシンプルで力強い料理は、作ること、食べることの楽しさを素直に思い出させてくれる。また、料理と同じく、からだの実感に裏打ちされた文章への評価も高い。著書に『日々ごはん①〜⑫』『帰ってきた日々ごはん①〜⑧』『野菜だより』『おかずとご飯の本』『今日のおかず』『チクタク食卓㊤㊦』『本と体』（アノニマ・スタジオ）、『押し入れの虫干し』『料理＝高山なおみ』（リトルモア）、『今日もいち日、ぶじ日記』『明日もいち日、ぶじ日記』（新潮社）、『気ぬけごはん1・2』（暮しの手帖社）、『新装 高山なおみの料理』『はなべろ読書記』（KADOKAWAメディアファクトリー）、『実用の料理 ごはん』（京阪神エルマガジン社）、『きえもの日記』『ココアどこ わたしはゴマだれ（共著・スイセイ）』（河出書房新社）、『たべもの九十九《つくも》』（平凡社）、『自炊。何にしようか』（朝日新聞出版社）など多数。絵本に『アンドゥ（絵・渡邉良重）』（リトルモア）、『どもるどだっく』（ブロンズ新社）『たべたあい』（リトルモア）『ほんとだもん』（BL出版）『くんじくんのぞう』（あかね書房）『それから それから』（リトルモア）『みどりのあらし』（岩崎書店）以上絵・中野真典、『おにぎりをつくる』『みそしるをつくる』ともに写真・長野陽一（ブロンズ新社）、『ふたごのかがみ ピカルとヒカラ（絵・つよしゆうこ）』（あかね書房）。最新刊に『日めくりだより』（扶桑社）。
公式ホームページアドレス　http://www.fukuu.com/

帰ってきた日々ごはん⑨

2021年6月25日　初版第1刷　発行

著者　高山なおみ

発行人　前田哲次
編集人　谷口博文

アノニマ・スタジオ
東京都台東区蔵前2-14-14 2F　〒111-0051
電話　03-6699-1064
ファクス　03-6699-1070
www.anonima-studio.com

発行　KTC中央出版
東京都台東区蔵前2-14-14 2F　〒111-0051

印刷・製本　株式会社廣済堂

ISBN978-4-87758-821-2 C0095

アノニマ・スタジオは、
風や光のささやきに耳をすまし、
暮らしの中の小さな発見を大切にひろい集め、
日々ささやかなよろこびを見つける人と一緒に
本を作ってゆくスタジオです。
遠くに住む友人から届いた手紙のように、
何度も手にとって読みかえしたくなる本、
その本があるだけで、
自分の部屋があたたかく輝いて思えるような本を。

anonima st.